致 每一位於成長中感到迷惘的你

contents

| Chapter One |

關於信任，關於社交

| Chapter Two |

關於羞辱，關於工作

| Chapter Three |

關於拖延，關於懷疑

| Chapter Four |

關於自卑，關於目光

| Chapter Seven |

關於停滯，關於唏噓

| Chapter Eight |

關於成長，關於無缺

來到第十四本，想談談成長的煩惱。

若然此刻打開一直攜帶的背包，或許你會發現這趟人生旅途中，有些命題總是揮之不去，而有些一直纏繞的問題，道理你都懂，但要實踐總是充滿難度。

為何要無顧慮地信任一個人會如此困難？

為何面對工作會自我懷疑得不接受任何的讚許？

為何想做的事情會不斷拖延，不想做的事情卻總是優先？

為何自己總是和他人相比，怎麼會感到越來越自卑？

為何大半生也總是聽別人說，卻越來越聽不到自己心中如何說？

為何總是無意中傷害了別人，明知深愛也無意地推開了愛人？

為何忽然覺得自己失去了知覺，失去了意義，再處於一個停滯不前的位置？

為何會偶爾回想過去，卻因為一些遺憾、一些後悔而想到滿臉愁緒？

　　《十萬個為甚麼》，我們小時候也看過，那麼《原來做大人是這麼不容易的》這本書，大概便是成年後的《十萬個為甚麼》，不同的是，關於成長的迷惘，或許並不會如童年般那麼容易找到答案。

　　《原來做大人是這麼不容易的》用了一個心理學概念作基礎——Erik Erikson（艾歷·艾力遜）成長的八個階段理論。故事裏的八個人物，在不同的成長階段也面對不同的成長任務，從而建立某一種的性格特質和生命美德。但願讀者們閱讀後也能進一步審視自己的成長，了解更多今天的前因，從而修補未來的後果。

別忘記，回顧過去並不是為了推翻從前或是怪責誰，而是感激自己走過的成長路，再用今天的智慧和胸襟作包容，繼而成就更好，給童年的創傷作修補。

我們每一個人也有成長的後遺，但懂得面對和克服便是成長的智慧。

遇到生命的樽頸其實是一份幸福，因為這正正代表了瓶內的空間已不足夠容納你，勇敢踏前一步，「啵」一聲猶如開香檳的痛快，你便可到達更廣更闊的新世界。

迷失，是為了重整人生方向；遺失，是為了拾回生命價值。
這本書，獻給每一位做大人做得累了，無力了，亦感到迷失了的你。

原來做大人是這麼不容易的

不要怕，今天的迷途，大概是你未來覓到更好的預告。

唐啟灃
2024 年 7 月 2 日

Introduction

十八之約

　　成長的煩惱如流星，你不知道它會何時出現，你只知道它會在最漆黑時掠過，即使稍縱即逝，但出現的一刻是著跡的，是深刻的，也是一輩子也難以忘懷的。

　　2006 年的暑假，校園成為了城內最冷清的一個地方，但有微風的夏夜令管理員也鬆懈了，他乘著八月的風盪進夢鄉，憶起了故鄉的桑樹，以及和青梅竹馬的姑娘於樹下交換秘密的青春夢。回憶總是美好而不生鏽的，難怪回想時眼泛淚光也不會磨蝕曾經的標致輪廓。那陣時的少男少女啊，總忙著放大掉進眼內的微塵，而忘了察覺那種庸人自擾竟是生命裏最美好的時光，那種執迷不悔竟是人生中最倔強的光芒。

　　當管理員只顧在夢中巡視，自然有人能夠乘虛而入，闖進校園從不對外開放的位置。

　　「真是胡鬧，哪有學校的後門會真的用『0-0-0-0』作密碼設定的？」男同學嘲諷著說。

「當然有，那就是我們的學校。」另一位男同學笑說，再向身後的人揚聲道：「終於人齊了！我們天文學會的期末活動終於可以開始了！」

這個晚上，天文學會的七位成員以及負責老師偷偷集結在校園的天台上，期待著多年難得一遇的天文現象。這個存在感低得猶如置身於宇宙邊緣的學會，一直也得不到太多學生以及高層的垂青和重視，但留下來的同學和老師也是有心之人，他們除了是熱衷於滿天的星宿，更是珍惜彼此的邂逅。他們陪伴彼此長大，更有幸見證對方成長；**畢竟成長非必然，世上有多少人累積的只有年歲，而不是隨年漸亮的翡翠？**

這天文學會由一位老師和七位同學組成，碰巧八人，呼應著八大行星，因此他們的暱稱以行星命名，水星、金星、火星、木星、土星、天王星、海王星，以及老師地球。

「所以……真的是沒有問題的嗎？」身形瘦削的土星問，而他的瀏海總是蓋掩著他的眼眉。

「嗯?甚麼問題?」老師調整著天文望遠鏡的三腳架說。

「嗯……不知道。我只是擔心若然校長發現了,你可能會被處分吧?」土星越說越輕聲,再抱著雙膝看著老師。

「哈哈,不用替我擔心,值得的。」老師肯定的說:「能夠和你們一起見證英仙座流星雨,這個險,值得冒。」

「嗯。」土星淡淡的說:「不會為你造成麻煩便好了。」

「不知道今夜能看到流星雨的成數有多高呢?」樣子比較成熟的天王星說,他肩上搭著一件冷衫,左手卻搭著依偎著他的海王星。

「相信一定會看到的!今早在便利店獲取的紙巾內,那張運程卡說我今天的運氣有五粒星,上面寫著『**會看到發光而又美麗的東西**』,所以,我很有信心!」雙手也戴上水晶手鏈的海王星說。

「我才不信。」一臉質疑的火星插著褲袋譏笑著海王星說:「你有哪一次的占卜是準確的?」說罷,他撼一撼眉頭作嘲諷,令他右邊眉尾上的疤痕也一同跳躍。

「你是甚麼意思?親愛的!火星他欺負我!」海王星拉著天王星的手臂,撒嬌地揚聲說,旁邊的土星被嚇了一跳。

「唏！警告你別欺負我的人啊！」天王星作狀兇狠的說，再壓下聲線假裝在說秘密和海王星細訴：「但他又說得頗對的。」

眾人一起笑了起來。

「哎喲！話不能這樣說！」海王星指著火星旁的男同學說：「至少木星之前每天的小息也來找我占卜啊！」

「嗯，對啊，其實海王星的預測和建議每次也挺實用的。」木星托著眼鏡，感覺有點緊張的奉承說。

「聽到了吧？」海王星自豪的說，再雙臂交叉抱於胸前。

「每天也找她？」火星難以置信的說：「你有這麼多奇難雜症要問天問地嗎？」

「哈哈……還好吧。」木星搔一搔頸背說：「只是想多聽一些意見就是了。」

「星相命理的東西還是作參考好了，不能盡信。」老師把手上的天頂鏡和增距鏡接駁起來，微笑著說：「**世上每一個人也如此獨特，難道只可劃分成十二類人格嗎？**」

「對。」火星附和著老師說：「如此迷信的東西我真的存有懷疑，難以相信。」

「哈哈，你甚麼也不會相信的。」海王星舉起手指，語氣如專家般說：「況且，星座不是迷信，而是統計學！」

「噢！別提了！」上天台的樓梯處傳來一把女聲，是身形帶點微胖，臉上有少許雀斑的金星：「你這麼一說，提醒了我那份數學研習我連引言也還未開始。」

「你們終於回來了！」天王星不期然的說，再看著金星身旁的女孩問：「水星，你又感到不適了嗎？」

「嗯，肚子有些不舒服……」水星帶點不好意思的說，再慣性地撥弄一下額前齊整的瀏海，她的秀髮烏黑如墨，令臉上的面無血色更顯蒼白。

「是吃錯東西嗎？」火星追問。

「嗨！不要問了！她現在安好便可以了。」金星拖著水星走到老師旁的位置坐下說，而水星只是低下頭跟隨。

「對，對，女孩子的事宜，你們男生不明白的了。」海王星也表示明白的和應。

「好了，好了！應該差不多了。」老師看進接目鏡再調整著焦距說：「過來吧，這場流星雨隨時會開始的了。」

「八大行星」圍成了一個圈，他們坐於天台的石屎地上抬頭望天，靜靜的等待，默默的盼待。不知道，他們每一個人的腦海中正在想著些甚麼呢？是成長的煩惱嗎？是關係的若即若離嗎？是人生的如霧如花嗎？或許當人看著夜空，自然會感到自身的渺小，或許，不同階段的我們也一邊奢望摘星，亦一邊只求流星掠過給漆黑的前景作引領。

　　等著等著，也始終沒結果，沒有人願意說破今夜可能會失望收場，卻只是暗中調節心內的期望，只要把期望歸零，一顆繁星已值得教人高興；**嘗過失望的滋味，誰不懂這自圓其說的本領？**

　　「不如，找些東西談談吧。」還未待到流星劃破長空，天王星已按捺不住的打破沉默。

　　「好啊，你們想談些甚麼？」老師回答，再呷一口身邊的樽裝蒸餾水。

　　「啊！我有一個建議！」火星雀躍的說：「我們開一個題目或是一個主題，然後逐一說出答案，怎樣？」

　　「好啊，試試看。」海王星說：「**環繞地球一周。**」

　　「當然！」火星笑說。

「環繞地球一周」乃他們的學會術語，意思是圓桌般輪流說出意見。通常在他們的會議期間，以表公正也會用這種方式逐一發言。

「好，那麼我先出題！」金星帶點俏皮的說：「最討厭的科目！我先說為敬，當然是剛剛說過，還未開始過研習的數學科！下一位！」

「嗯，體育科吧⋯⋯要換體育服，又要勞動，很討厭。」水星如實的說，面色卻比剛才的蒼白好多了。

「我也是⋯⋯」土星繼續抱著雙膝，聲音低沉的說：「最討厭就是進更衣室的了。」

「我當然是英文。」天王星搖著頭說：「這麼多年也學不好。」

「我有建議過我們用英文傳短訊的，只是你不願意。」海王星說：「我想，我會選物理或科學吧，太理性了，只有對與錯，沒有中間。」

「我和你正好相反，我最討厭語文科，那些題目太沒有標準答案。」火星露出厭惡的表情說：「你呢，木星？」

「嗯⋯⋯我倒沒有特別的想法，每一科也差不多吧。」木

星模糊的說，再向老師問：「你呢？做老師也會有討厭的科目嗎？」

「當然有，哈哈，別把我們想得太完美。」老師笑說：「若然是我年輕的時候，最討厭的科目大概是經濟吧。完全聽不懂，亦不喜歡甚麼東西也量化，也和錢財掛鈎。」

「好，下一條題目！」金星接著說。

就這樣他們輪流發問，亦輪流回答，有些答案會難以啟齒，有些問題會教人遲疑，而有些答案也會引發新的問題給反思⋯⋯或許，真正有養分的對話，不單是找到答案，而是找到前所未想的問題，好讓對方在未來的人生路上繼續尋覓屬於自己的答案。

若然要把人生歸納，或許天地一逆旅也不過是場自問自答。

談過「最喜歡的偶像」、「最愛看的連續劇」、「最討厭的班主任」，終於輪到老師提出今夜最後的題目。

「嗯⋯⋯讓我想想看。」老師抬頭看著一整夜的無盡漆黑，再看著眼前定睛看著他的學生，屏氣凝神的問：「好吧，我想問的題目是，**你的恐懼。**」

此話一說，大家也靜止了，或許是太誠實了，連天空也靜默得不發一語了。

　　「既然大家也沉默了，就由我先說吧，畢竟，我比你們年長一些。」天王星打破了沉默，面容亦沒有了一貫的輕浮的說：「唉，留級了數年，逢二進一，我也知道自己的處境。這一刻，最大的恐懼莫過於比別人走得更慢，浪費了太多時間的感覺吧。」

　　旁邊的海王星看一看他，再緩緩的低下頭，聲音帶點顫抖的說：「而我，最害怕的就是被遺棄，被冷落的孤獨感。還有……嗯，我很怕會失去愛惜自己的人，不論是家人、朋友、愛人，還是我們的寵物狗——布甸。」天王星聽後，輕輕的摟一下她，給她一點實在而又真實的伴隨。

　　「嗯，關於我的恐懼……相信大家也清楚的了。」土星擁著雙膝，吞吐的說：「我最害怕……是進入自己的班房，以及看到他們……」說罷，再不由自主的拉長襯衫的衣袖。

　　金星輕輕拍一拍土星的肩膊以表明白，再心亂如麻的說：「我嘛？我這一刻滿腦子仍是那份數學的研習，但我害怕的不是成績，而是做得不好時會被老師或同組同學指責，或是嫌棄我是愚蠢的人。」

「所以你的恐懼，」旁邊的水星回答：「是旁人的眼光吧。」

「嗯，嗯……的確。」金星點頭承認著，眼眶亦不期然冒出了水分。

「我想，我也和你差不多吧。這刻我最害怕的，應該是來年能否兼顧學業和學會活動。」水星唸唸有詞的說：「我怕……我怕會令母親失望。」

「這種恐懼我懂。」木星和應著說：「有時候，連我也不知道自己想要些甚麼，只是懂得聽母親的話。」

「所以，你的恐懼是？」火星追問。

「我也不知道……」木星看著夜空，眼神充斥迷失的說：「或許我的恐懼，就是這種不知道自己需要甚麼的狀態吧。」

「有時候，知道自己想要些甚麼也是種恐懼。」火星苦笑說：「我知道我想於學界田徑賽獲取佳績，但是，但是……我就是不斷質疑自己，懷疑自己的能力。」

「看來……」水星悵然若失的說：「大家也有著各自的恐懼啊。」

火星聽後，緩緩的躺了在地上，他把雙手放於頸後，呆望著充斥密雲的晚空說：「**或許，這就是成長的煩惱吧。**」

　　其他同學看著火星，也逐一躺在地上，凝望似遠又近的天空，卻看不透若即若離的煩惱。

　　「不知道若然在星體俯瞰地球，」海王星若有所思的說：「這一刻我們的煩惱到底有多大，到底又算得上是甚麼呢？」

　　「又或者，長大成人後，這些所謂的恐懼和煩惱自然會一掃而空吧。」天王星說，亦同時牽著海王星的手。

　　「又或者……會有更多的煩惱吧？」土星輕嘆說。

　　「不知道呢。」火星伸出手猶如在觸碰天際的說：「**但我相信變了大人之後，我們自然會知道答案吧。**」

　　老師在旁聽著他們的成長迷惘，彷彿能看到自己曾經的年少輕狂。成長啊，誰不是於問題和答案間錯摸，於筆記裏記下一些光榮一些錯，再於後悔和無悔之間譜寫屬於自己的青春日誌？青春之所以美麗，是因為混和了生生不息的四季。

　　「老師呢？」金星慢慢的坐了起來說：「你此刻的恐懼又是甚麼？」其他同學見狀也陸續坐了起來。

「我現在的恐懼嗎？」老師看一看接目鏡，再看著未有動靜的夜空說：「就是該如何告訴你們，今夜可能看不到英仙座流星雨了的殘酷真相。」

同學們聽後，也不約而同發出了可惜的嘆息。

「不要緊吧。」土星平淡的說：「現實往往是這樣的了。」

「嗯，也沒有辦法。」水星看一看手錶，再站起來說：「我也是時候回家休息了。」

「嗯……我也差不多了。」木星帶點焦急的說：「不然，我的母親又會發牢騷的了。」

「對……我們散會吧，木星的母親定要等他回去才睡覺的。」天王星一邊扶起海王星，一邊帶有挖苦的說。

「有人等門，總好過沒有人關心吧。」火星發自內心的說。

「真是可惜。」海王星抿著嘴唇，帶有落寞的說：「本以為可以看到滿天流星的奇觀，怎料天公不造美。」

「即使天公造美，英仙座流星雨也不至於會滿天流星吧。」天王星理性的分析：「要看到滿天流星雨，就只有獅子

座流星雨才可以，對吧老師？」

「哈哈，你說得對。」老師翻揭著手中的筆記本，皺著眉頭的說：「但下一場獅子座流星雨，也至少要等十八年了。」

「啊！我想到了！」海王星一臉興奮的說：「**不如，我們就約好大家！十八年後一起重回這裏，一起見證獅子座流星雨，你們說好嗎？**」

「十八年後，未免也太遠了吧。」土星不太情願的說。

「對，好像很難可以實現似的。」金星附和著說。

「怎會？有信心便可以的了。你們不覺得人生總要親眼目睹一次壯觀的流星雨嗎？」海王星熱烈的鼓勵著大家：「來吧，來吧！我們試試看吧！」

「嗯，你也有你的道理。」火星輕輕舉起右手說：「好吧，我參與。」而其他同學也紛紛點頭，承諾這個約定。

「太好了！大家也要記錄在十八年後的日曆表上啊！」海王星雀躍地說：「老師呢？你也會參與嗎？」

老師看著同學們誠懇的眼神，也難以推卻的笑說：「好吧！今天的遺憾，就留待十八年後彌補吧。」

「太好了！就約定了！」海王星跳了起來說。

「哈哈，希望屆時你的占卜可以準確一些啊！」天王星開著玩笑說。

「你說甚麼？」海王星追著天王星，作勢要拍打他，而其他同學也起哄起來，嘻嘻哈哈的，胡胡鬧鬧的，為這個本應失望的晚上，於未來的時間線畫下了一個未完的記號。

老師看著他們的戲要，嘴角也不自覺的上揚了。他看著他們各自的煩惱，暗中祝福他們未來的旅途，長空無星只剩新月，他遙望遠方的月光，再看回眼前的閃耀，語重心長的細說：**「年輕人啊，就朝著月亮飛往，哪怕最後採月未成，至少這趟旅程仍有星塵作見證。」**

2006 年的暑假夜，七顆半熟卻又閃耀的行星許下承諾，約定彼此於十八年後重聚，一同見證這個晚上未能親眼目睹的奇觀。

在約定之前，大家也重回了自己的生命軌跡，彼此也帶著一些人生課題往夢寐的目標發展。地球始終是球體，哪怕命運教人各散東西，環繞一周也始終會聚首回歸，不知道那時天真不再的年輕人，背包內多了的是答案還是問題？

老師在獨自回家的路上，想起那七張迷惘卻又可愛得動人的臉龐，心裏笑說：「海王星啊，其實你今夜的占卜是最準確的一次。」

「會看到發光而又美麗的東西。」

美麗的東西總是稍縱即逝，如青春，如流星，如那年盛夏最燦爛的年少氣盛。

美麗的東西總是稍縱即逝，
如青春，如流星，
如那年盛夏最燦爛的年少氣盛。

Chapter One

關於信任，關於社交

人大了，怎麼身邊越來越冷清了？

　　每人也有自己的目的地，各走各路也是無可厚非，漸漸地，你和他形成了越走越遠的距離。

　　還記得出生的一天，我們也是被愛圍繞著的。然後隨著發育成長，按著人生軌跡，沿著選擇放棄……我們的生命冊出現了更多的獨有面孔，這些名字成為了自己去愛，去活，去快樂，去過得深刻的原因。當你以為這些人會一世相隨，卻發現他們竟開始離你而去，甚至把你的心狠狠摔碎。

　　曾經說過友誼要萬歲的人，揮別時竟淪為陌路人。
　　校園彷彿是把關係定格的場所，當下課鐘聲響起，當畢業帽子向天空飛，降下來的一刻，眾人也向著自己的目標分道揚鑣。他爽約，她失聯，他愛上忙，她忙著愛……最後，大家也忘了彼此，彼此也不再重視。

　　曾經把愛無條件給你的人，告別時雙方也哭成淚人。
　　有人自願向著目標走，有人卻被迫被年月牽引到盡頭，再別無選擇的告別所有。小時候不懂珍惜，長大後看到蒼老才來惋惜，吻別一刻你終於明白：所有的愛也有限期，別把應說的話留守到最尾。

曾經信念和志向一致的人，擦肩時竟如此陌生。

當原則可以說改便改，當價值可以一碰便碎，你便會發覺世上有些所謂堅持，對於某些人來說只是一種暫時。有些東西如是錯，時間久了也不會對，有些價值本是對，世世代代也不會錯。生而為人，要對得起走過的腳印。

本是圍繞著你的人一個一個的離開，當人群散去了，當親密不再親近了，原來空氣是這麼的冷清，原來空間忽然會寬敞得令你於地上躺平，再無緣無故地泣不成聲。

失去了才知痛，大概是生命裏不斷重複的殘酷。

成長是，慢慢發現身邊的人越走越遠，當中有些是命運玩弄下的難以逆轉，但更多卻是仍有轉機的可以扭轉。

緣盡也是緣，地球本是圓，或許今天的暫別會換來他朝的重逢。倘若此刻在你尚可伸手的距離，有一些你仍然珍惜的人開始疏遠，願你主動一點，願你勇敢一點，再跟他說聲：**不要走遠。**

成長是，慢慢發現身邊的人越走越遠，慢慢接受有些錯失難以逆轉。

人大了，怎麼沒有人再做主動了？

你不動，我不動，雙方不再接觸，彼此不作主動，這段友誼的結局，便會淪為各行各路的目送。

其實，真的沒有發生過任何的口角和磨擦，亦沒有因為甚麼爭拗矛盾而反目成仇，只是當大家也長大了，自然有了自己的生活和優先排序，「朋友」的這個身分便逐漸下垂，墮落至深不見底的回憶裏。你呢？翻開舊照片，會否仍然牽掛那張曾經親厚的臉？

曾經的悲喜，就容許不了了之作結尾？

那些快樂是真的，那些憂傷也是真的，當現今社交充斥虛假，那段確切投入過情緒的友誼更顯珍貴。**完結不是問題，完結得不明不白才是問題。誰會喜歡沒結局的劇目？好好交代清楚是成熟，也是尊重。**

曾經的陪伴，那種親厚其實難以更換。

關於你的一切，他熟悉得無須語言也可心照估計，因為這是你們多年來累積的默契。只要有他在旁，彷彿多難的關也可跨過，多苦的痛也可抵擋，人海茫茫，原來能夠明白自己的人真的不多。

曾經的承諾，未來再一次兌現可不可？

只怪當時太年輕，有些永恆的話說得輕而易舉，亦有些傷人的話不慎衝口而出。說好的旅行出走，說好的婚禮見證，說好的友誼萬歲……統統也由實話變為笑話。彼此也成為了不守信用的人，原來遵守承諾不能單靠一人。

成年後的友誼，沒有了見面的衝動，卻只剩下等待著對方的主動，是否要待到一切也已成定局，才會憶起那些年的美好和撼動？

有些友誼，沒有人再做主動便真的會完結了。

彼此會成為對方的歷史，對方會成為彼此的往事，某個名字會成為心中不想再提的一根刺，某張面孔晚年回憶時會浮現絲絲悔意……

因此，若然此刻心仍在意，便請念於舊情地主動一次。

無須擔心很久不見會見外生疏，好一對朋友，暖身過後自然會說天說地談不夠，然後，在那以後的以後，大家依然會是那迷途知返的老朋友。

成長是，明瞭再沒有人做主動，有些友誼便會真的完結了。

人大了，怎麼不想再社交了？

想拒絕又開不了口，出席了又累上心頭，若然社交活動令你感到難受，其實你可以斷絕一下亦無須找藉口。

不知道你又有沒有這種感覺：人越大，越想減少不必要的社交活動，甚至偶爾會想封閉一下自己，和這個世界與世隔絕。但心軟的你，總是拒絕不了職場的責任，朋友的好意，甚至連缺席家庭聚會也會感到內疚。其實，被太多的社交活動導致身心俱疲不是你的錯，你無須為此而感到悔疚怯懦。

沒有營養的聚會，錯過了亦不用感可惜。
社交需要能量的輸出，但若然過程沒有養分的輸入，難怪散席後的肚子即使被填滿，心靈卻總是空空如也的。那些沒營養的飯局，不想出席便即管缺席，你以為自己錯過了甚多，但原來自己沒有錯過了甚麼。

親朋好友的邀約，拒絕亦不代表你無禮。
不管是家人還是摯友，你也有拒絕赴會的自由，畢竟每個人也會有狀態，硬要碰面只會令氣氛變壞。關心你的人總會包容你偶爾的不便，待狀態恢復了再相見，談不完的話題更值懷緬。

一人之境的獨處，準備好了再去約會誰。

在家人面前你可能是子女，是父母，是兄弟姊妹；在朋友面前你可能是風趣，是聰穎，是無所不談⋯⋯那麼，在自己面前呢？在沒人打擾的一人空間你又是誰？總是花時間為別人留下印象，也是時候為自己照料著想。

若然太多的社交聚會令你吃不消，就請你容許自己於門外掛上「請勿打擾」。**別忘記，我們有社交需要，但同時也有斷絕社交的需要。**

親愛的，你不需要無時無刻也掛上微笑，扮作外向人格，再在聚會上滔滔不絕。誰也會有疲倦的時候，有時候，想斷絕一下社交活動是不要緊的。

就把通往世界的大門換上新的密碼，不被他人打擾你的寧靜長假，好讓你能傾聽一下心內的說話。

吖！對了，密碼的設定不要太過繁複，以免連自己也忘記了外出的渠道。能獨處，也能共處，這是社交的流動性，也是你愛惜自己的靈活性。

成長是，懂得收放自如，可以交際亦可以獨處。

人大了，怎麼寧可留在家中了？

在家千日好，童年時的自己不相信，到今天長大了，終於明白這種自給自足的美好。

還記得那個初嚐自由味道的青蔥歲月嗎？那時候的自己總認為三五成群才算像樣，總認為高調交際才不寂寞，總認為舉杯暢飲至凌晨才算青春不枉過。然後，這些年的你我也被迫成長了不少，漸漸發現快樂很難，開懷不易，大家的生活習慣也改變了，才驟覺所需的心靈滿足原來並沒有想像般的遙遠。

放假留在家裏，原來會找到前所未有的樂趣。

無須介意他人眼光，做回自己也很好看。

一覺醒來，不用顧慮髮式和妝容，洗過面後已是最好的狀態。日常生活中，我們也躲不過別人的目光評分，言行舉止也要符合準則，如今在家無須理會那些苛刻的人，穿著睡衣吃甜品，不修邊幅的你更顯那從不修飾的可親。

無須刻意安排計劃，隨心一點活於當下。

在家中無須排隊，無須預約，無須擔心入座時間，那麼便隨心所欲一點完成心中的渴想。看兩頁小說再重看那部經典電影，出一身汗再聆聽內裏的心聲……原來，做自己喜歡的事，自然會成為喜歡的自己。

無須承受市內煩囂，屋簷之下感覺逍遙。

平常上班上課的路程，大概你也承受夠了周遭的人造風景：逼夾的街道，礙眼的廣告，車廂的吵嘈，還有那些看不過眼卻又隨處可見的荒誕和焦躁。曾以為門外是新的世界，但原來平靜下來便可創造屬於自己的逍遙世界。

曾經不喜歡留在家中，總認為這種獨處的時刻是虛耗；今天才想通：原來漫無目的地交際應酬才是對光陰的一種虛度。

人大了，很多假期節日也寧願留在家中了。

瀏覽一下網上的趣聞，安撫一下心中的傷痕，陪伴一下愛惜的親人……然後，待到未來的清晨，又會有更好的心境迎接屬於自己的人生。

大時大節不一定要外出歡騰，偶爾留家和自己相處也是一種自得其樂的養分。

別忘記，善待自己從來也不需要刻意的原因。

成長是，更懂得享受自己和自己的相處。

原來做大人是這麼不容易的

人大了，怎麼朋友會越來越少了？

因為事忙，所以推搪；因懷希望，所以失望；
世上有多少份友誼，就是因為這種漸漸而到此為止？

「嗨，很久不見了，聚一聚？」
「嗯，最近有些忙，暑期會好一點，再約你。」

重看這段對話，原來已是數年前的約定，當然當中的承諾從未兌現，亦沒有人敢說出心中的介意，只是，耗盡了的勇氣和耐性已令雙方不願再踏前，亦令這段關係膠著於這尷尬的位置。由春夏走到秋冬，時間快得難以服眾，花開花落又一季，身邊有多少人能為你永遠留低？

春天邀約好，但夏天又爽約了。
明知道即興不可能，本以為提早預約會比較安穩，怎料到頭來也需再次摘日。邀約多次也失敗，主動的人終於明白：對方多次的延遲，其實反映了自己的位置。沒人知道下次是何時，但不被重視的人重視，往往是關係裏難以拔掉的一根刺。

秋天再嘗試，但冬天便心淡了。

懷著滿腔被拒絕的滋味，待到某天再儲夠勇氣，但換來的仍是借意的逃避，大概多重情的人也只好無奈放棄。甚麼「一輩子的等待」，或許只會在童話書裏被記載，選擇放手會感慨，但至少不會再被最珍惜的人親手傷害。

一次又一次的主動，換來下次再下次的回覆，原來這種無了期的擱置也是一種痛。想起曾經的笑臉，看著這時的懷念，唏噓的你終於明瞭：朋友啊，**不見不見便真的不會再見了。**

沒甚麼的，失去了他，生活仍然安好，只是心血來潮時會少了某君可以細訴。

沒甚麼的，懷念起他，地球依舊會轉，只是回憶來襲時總會感到莫名的心酸。

大概，這就是成長吧。當大家也有了自己的階段，當生命的重擔教人側重於某個中心點，某些身影便會漸漸疏遠，未來不會再有新的片段，卻只剩餘回憶在風中打轉。

這年初夏，抬頭已開滿了鳳凰花，你想起了他，卻不敢再打擾他。

　　　　　原來做大人是這麼不容易的

四季不斷循環，但關係卻如花瓣四散，除了慨嘆，願我們學懂感恩曾經的相遇燦爛如畫。

　　成長是，接受友誼的各散東西，卻感激曾經的青春贊禮。

火星

火星，是離太陽排名第四的行星。

這個紅色的球體，於《搜神記》中也有被記載，相傳於永安三年，一群天真無邪的孩子如常的集結嬉戲，忽然，他們看到一位神情詭異，雙眼發出紅光的小孩向他們招手，然後該小孩詭譎怪誕的笑說：「我是火星，吳國將滅亡，三國會全歸司馬氏所擁有。」說罷，便化身一匹白布，隨風飄走消失於人前。

孩子們嚇得立即飛奔回家向大人講述這場經歷，當然，成熟得理性的大人怎會相信這些鬼話連篇？孩子們委屈卻只好帶著這份不忿成長。廿一年後，吳國滅亡，正如火星所說，司馬氏統領三國。而那班孩子早已長大成人，他們看著當時的境況，心中懷著不被信任的百孔千瘡，大概，只好無奈的說句何不早聽我講？

「嗯？今天這麼早便收拾了？」同事於儲物櫃前好奇的問：「今夜沒有班嗎？」

「噢，是啊，今夜沒有安排教班。」我一邊擦著汗珠，一邊把東西放進背包說：「約了人。」

「噢！真是很少聽你說下班後會有聚會。」同事搖晃著健身飲品說。

「哈哈，對。但約了很久的了。」我看一看儲物櫃內的方便貼，再關上了櫃門，揹上背包笑說：「**都約了十八年了。**」

踏出大樓，掛上耳機，戴上墨鏡，這一瞬彷彿是一種久違的陌生感，好像自從出來工作以後，很久也未試過離開公司時，天空仍是由藍白混合而成，而不是那種黑得看不盡的深淵。

中學畢業後，本想入讀物理治療，但公開試表現失手，夢想撲空，便兜兜轉轉考了健身教練牌，現在於健身中心工作，收入尚算穩定，儘管不及其他教練的學生人數般節節上升，但以自己的能力，能這樣平平穩穩的過活已算不俗，畢竟，連我也不特別相信自己的能力，以及價值。

剛剛說到考試失手，對啊，彷彿「失手」是一直伴隨著我成長的老朋友。那年中四學界田徑失手，屈居殿軍；那年中六於補習社表白失手，一星期後便看著她和另一位男生長相廝守；那年大學面試失手，連珍貴的「校長推薦信」也因自己的表現而化為烏有。身旁人給我的鼓勵早已聽夠，甚麼「相信自己」、「別懷疑自己的能力」、「你是可以的」……其實對我而言早已如靜音模式般無關痛癢，只因心房內的聲音總是調到最大的音量，而那重複播放多年的旋律解讀後，就是直接而又擲地有聲的一句「你不足夠」。

自我懷疑令自己臨場失手，臨場失手令自己失望愧疚，這種累積多年的舊患，大概連物理治療也難以拯救。

準備踏前，綠燈便轉紅，沒辦法吧，只怪自己不幸，便只好略帶不安的靜靜等待。若然你會好奇為甚麼我會略帶不安，或許你並未嘗過下班後在公司附近不慎碰到同事而要一起走到車站的那份尷尬。到了我這種三十出頭的年紀，或許社交的能力早已耗盡於青春期，現時的我真的寧可約會自己，也不願為了被陪伴而擠出笑臉入戲。

以前以為一人吃飯是可悲，現在才明白可以不被騷擾的吃飯是多大的福氣。下班後戴上耳機其實不單是為了聽歌放鬆，而是為了掛上「請勿打擾」的警告。

「先生，支持一下山區的兒童可以嗎？他們現在……」一把熟練的聲音穿透了我的耳機，嘗試把我帶到寸草不生的赤地。

「不好意思。」紅燈正好轉綠，我便理所當然的拒絕再向前踏進。

不知由何時開始，我總是對這些那些街站抱有懷疑的態度，不是說行善不好，只是我不能盡信當中的手法，以及那些善款何去何從。可能人大了自然會對痛苦多了免疫，對熱忱多了冷漠，又或者，當社會充斥著太多真真假假的壞心腸，把同情心和信任克制只是為了不再受傷。

受過傷自然會變得冷淡，寧可寂寞，也不願再血躺，只因失去信任也會漸漸失去對關係的知覺。

「請勿靠近車門，please stand back from the door...」車廂傳來廣播，我微微彎腰看一看窗外是鑽石山站，在等待車門關上之際，石柱上的銀色「鑽石」階磚引起了我的聯想，我想起了繁星，想起了閃耀，亦想起了今夜的約定。

其實，這些年來，不知道是刻意還是無意，身旁的社交圈子收縮得只容得下幾位見面時不會感到吃力的朋友，其餘的群組，有的早已沉寂了數年，有的是約了良久也約不成的紙上談

兵，亦有更多的，是連按進去回覆也沒有動力的未看訊息。

成年後的友誼，大概是一場耐力和恆心的試煉。這場拉鋸彷彿是看主動的人先放棄還是被動的人先棄權，只要任何一方不再留戀，這段關係也遲早會完。而完結了會否感到可惜？或許一點點吧，但就是只有這一點點，這種無感不是因為自己絕情，而是因為這份生離的傷悲不是一刀切，而是被「漸漸」拖延，被「漸漸」淡化，被「漸漸」輕描淡寫了，而當我們真的意識到某君已從自己的圈子內消失時，大概已是冷靜得無關痛癢的年紀，「噢，是啊，我們不再聯絡了。」以往多少的關心關注，只是換來這種平淡的結語。

沒有甚麼波濤洶湧，沒有甚麼怦然心動，只因成長會令人麻木得不懂再痛。然後，主動的人變得被動，被動的人變得更被動，我們也把自己困在那個最舒適，最不費力，最呼天不應的洞內維持最省力的社交，聚會不去，節日不顧，祝福不送，舊友不見，最後，生活不再存有任何色彩，明天不再存有任何期待，週末滑著手機發呆，看看社交平台，誤以為自己的人生仍然多姿多彩。

「增值 $200。」我說，「嘟」一聲後才發現，生命中有些債，過了期限便不可再償還。

步行回家的路上，我仍忐忑著今夜的聚會，其實自己心內也是半信半疑的，我猜他們大部分人也忘記了這個約定吧，但不知為何，可能是念舊，又可能是心房的一部分還未發育完成，那一隅仍是當年暑假的那個少年吧，因此，我仍想赴約，即使最後空手而回，但至少我做了自己的本分，亦履行了自己的承諾，令生命那本不薄的遺憾書，不會因為自己的一念而增添了一頁。

　　原來成長的只是外殼，每位看似活得無知覺的大人，其實心裏仍有對未來存有渴望的一角。

　　「我回來了。」我打開家門，循例的叫喊說。

　　「不用關門了，我也準備外出了。」母親綁著鞋帶，準備出門的說：「晚飯你自己安排吧，再見。」然後便離開了。

　　我把背包放於沙發上，心想，由小至大，撇除晚餐，還有甚麼不是我自己安排的？

　　從雪櫃內把即食雞胸掏出，正當我準備把剩餘的牛奶喝光時，才發現放在一旁的牛奶紙盒是空空如也的，又是這樣。我本應感到憤怒的，但算了吧，若然要斤斤計較，有時也不知道該由哪件事情入手展開爭吵。當一段關係發展到連交也懶得鬧，大概已疏淡得沒有感情值依靠。

把雞胸放進微波爐，調節三分鐘後便走到浴室快速梳洗。村上春樹曾經說過於黃昏時份剃鬍子，對男生而言是一件莊重的事，只因經歷了大半天，鬍子並未長到一個不能接受的程度，但突兀的黑點又不是一個可以完全忽視的長度，因此，於黃昏時間剃鬍子的男士，大概是要出席一個重要的場合，才值得這份隆重其視。

　　把鬍子刮清，以清水潔面，再塗上鬚後水，我看著鏡前的自己，忽然察覺到頭側右邊剷青的位置又多了一根白髮，再看著右邊眉尾的疤痕，頓時發現即使自己隨年漸長，但有些記憶卻是一輩子的創傷，還記得當天的我只有大概六歲，我在房裏走到客廳，打算跟母親分享一件趣事，然後⋯⋯

　　「叮」，噢，三分鐘過了，難怪微波爐也傳出了一抹黑椒氣味。

　　我看一看電子錶，便把握時間把盛載雞胸的碟子拿出，放於餐桌上，再迅速地把雞胸肉一口一口的送進嘴裏。我一邊咀嚼，一邊觀察這個客廳：桌上是堆積如山的信件，還有一封是綠色信封；沙發上是一件已擺放了三天的外套，纖維上仍殘存那一夜的酒氣；而開放式廚房內的鋅盤，去水口早已被油脂和膠袋堵塞，而碟上的污漬亦凝固得不是一朝一夕能擦去。我勉

為其難的把最後一口雞胸肉嚥下，再疑惑著自己到底生活在一個怎樣的一個家，啊，應該是怎樣的一間屋。

我匆忙的走到房間內，套上一件比較像樣的淺藍色恤衫，然後便跑回浴室，用髮蠟把頭頂的髮絲梳出紋理，噴過定型噴霧後，稍稍把牙縫內的雞肉清理好，再用漱口水把那難纏的黑椒味以薄荷味取代，把漱口水吐出的一刻，我終於發現，原來自己是著緊今夜的聚會的，但是，一大部分的我卻不敢抱太大期望，畢竟因期望而換來的失望，我的整趟青春也未免嚐過太多了。甚麼「沒有下次」，甚麼「我會改過」，我已聽膩得毫無知覺，家人們可能從不會在意，但他們一次又一次的食言，只會為孩子帶來一重又一重的猜疑，每次被騙也可累積一枚印章，「食言的印花卡」終於換來了畢生的厚禮——信任的問題。

臨行前我把馬桶揭開，看著內裏的不堪入目，我苦笑說：「都不知說了多少遍了。」再按下沖廁鍵，把所有的厭惡物眼不見為淨。

當成長的諾言不被兌現，難怪有些往事難以如煙。

「下一站宋王臺，the next station is...」

還記得中學時代的我是乘搭紅色小巴上學的，如今這一區

的紅色小巴已所餘無幾了，而鐵路已發展到今天的我竟可乘地
鐵回校。

耳機內還是播放著中學時的流行曲，但車門倒影著的我已
不再是只為學界而苦惱的自己。車門緩緩打開，踏前一步，便
往回憶靠近一步，不知道，待會兒的夜空會否星如雨下，而那
個最接近天空的天台，會有多少位舊友守信出現，又會有多少
位舊友失信食言？

「媽媽！我今天在學校看到一隻啡色的松鼠。」我
說。

「哪有可能？小孩子不准說謊！」母親目怒凶光的
說。

「我……我沒有說謊，我真的看到……」我嘗試辯
護。

然後，「拍」的一聲，母親給了我一記耳光，而她手
上的腕錶不慎把我的右邊眼眉位置摑破，在我哭得聲
嘶力竭之際，我隱約聽到母親說：**「為甚麼？你為甚
麼要學你的父親般愛說謊話？」**

然後，大家也哭了很久；

然後，我便很少再見到父親的蹤影；

然後，母親便一蹶不振的揮霍人生；

然後，我便成為了今天不懂得信任的火星。

Chapter Two

關於羞辱，關於工作

人大了，怎麼越來越睡不好了？

哪怕昨晚睡不好，你仍然要假裝安好的面對明早，大概這就是都市人的生活殘酷。

在這個城市裏，到底有多少人是真的可以每夜睡得好？曾以為疲倦了便可以入睡，但長大後才發現，能否睡好不是源於身體是否疲勞，而是源於腦海有沒有事情在苦惱。原來夜幕低垂閉上眼，才可看清日間不敢面對的意亂心煩。

躺於床，想起工作，只因壓力漸漸侵蝕快樂。
關上燈，想起某君，只因他在心裏留下疤痕。
閉上眼，想起困難，只因生命就是充斥慨嘆。

難得睡著了，又被太逼真的夢境纏繞；
被噩夢驚醒，未再沉睡已傳來鬧鐘的響聲。
新一天會否過得更好？答案大概連你也不願知道，你只不貪心的希望今夜能睡好，算是給難捱的日子一點卑微的彌補。

睡不好的人，大概也有著他們難以言喻的不容易，可能

是自身事，可能是家庭事，可能是關係事⋯⋯而當中最不容易的，是明天仍要掛上微笑裝作一切若無其事，別人問起也只可一言難盡的一笑置之。

睡不好，也不代表世界會因此而對你好，因此，你要學懂對自己更好，用自愛來安撫疲勞，給自己一個悠長的擁抱。

願把文字化作一瓶魔法藥水，讓你今夜好好安睡，而在夢鄉裏，請你脫下日常被迫戴上的面具，為累垮的自己抹去淚水，再向他送上由衷感激的一句。

睡不好的人，真的辛苦了。

成長是，即使睡不好，仍要咬緊牙關面對人生的旅途。

人大了，怎麼有上班便沒有下班了？

　　為了月薪，賠了靈魂，心中的愛恨喜惡不再過問，甚至，差點還以為工作便是自己的整個人生。

　　城市人，每天花最多時間心力的地方或許就是在工作，諷刺的是，每天令人最感到厭惡高壓的地方也是在工作。上班，加班，下班的重複，彷彿成為了自己成長後的困局，亦漸漸令自己留意不到生命的美好。**年月匆匆，工作是否整趟旅程的全部？**

　　工作不會完，別把辦公室當在遊樂園。
　　職務清單總是無限伸延，能者多勞更是隨處可見，即使工作往往比人力超出幾倍，但也不代表你要屈就說奉陪。公司不是遊樂場，你無須自我麻醉得不願離場。真奇怪，上班遲到會被責罵，那為何遲了下班會被讚賞？

　　公事不會完，為何下班了腦袋仍在轉？
　　當身軀離開公司了，那便請你的腦袋別繼續加班來忙人自擾。餐桌間，聚會中，睡床上，也不是適合工作的地方，下班便是下班了，於腦袋旁掛上「請勿打擾」，別讓工作騷擾你下班後的每分每秒。

職責不會停，請把你的身分責任看清。

幫人好，但也需看清自己的限制以及他人的責任。自己的事自己做好，別人的事禮貌拒絕也是種成熟，畢竟大家也有各自的分工，你不必背負團隊的全部。每人也有自己的人生，與其當個濫好人，不如當個懂說不的人。

上班重要，但提醒自己適時下班更為重要；
下班重要，但學會讓身和心收工最為重要。

親愛的，別忘記你的人生充斥了不同的身分，你不止是某某的上司下屬，當脫下了工作服，生命中仍有太多的角色值得你留意，有太多的面孔值得你花心神和他們共事。

工作永無休止，公司沒了你也會有新的後浪來維持，但你的人生卻只得一次，多少的勤工獎也換不來錯過了的日子。

任何工作也不過是兼職，生命的價值從來也取決於值與不值；下班後便讓職場的身分悄悄休息，只因活好自己的人生才是你畢生的正職。

成長是，懂得上班亦懂得下班，因為你才是自己人生的老闆。

人大了，怎麼甚麼也只靠自己了？

習慣了每天也如此堅強的你，靜下來時會否浮現莫名的痛悲？停下來時又會否疲累得想氣餒倒地？

生命中往往需要那突如其來的時刻，好比是電話忽然沒電的那程車、等待珍惜的人從手術室出來的時間，或是徹夜難眠而想起過去的那一夜⋯⋯你才願意靜下來，再停下來，然後開始意識到這些年來的自己已支撐得筋竭力疲，**原來一直看著未來高飛，卻從未願意關顧傷痕纍纍的自己。**

為了工作，為了生活，你獨力撐起沉重的壓力。
談不上是熱愛工作，甚至有時更會恨它佔據了你所有的時間，但又不得不承認，工作的存在確是能證明你的價值和能力。越攀越高，害怕被所有人注視時會難以服眾，更害怕墮下來時會萬劫不復。

為了家庭，為了關係，你一人揹起別人的問題。
撇開工作不提，下班後仍要面對複雜的人事關係，試問誰還有餘力處理這些累積的問題？家中有人要照顧了、另一半的

壓力傳來了、朋友間的誤解牽涉到你了⋯⋯為何甚麼也與自己有關，但看清一點卻又彷彿和自己無關？

為了形象，為了他人，你獨自承受情緒的入侵。

你多年來建立的形象是積極的，是強悍的，是理性冷靜的⋯⋯為了保持形象，寧可有難過也不聲張，也不願讓人知道自己深受重傷。常以為不想不說不理會便會不藥而癒，卻不知和人分享才是最好的治癒。

捱不下去了，但卻仍然麻醉自己強顏歡笑；
意志耗損了，但卻仍然假裝樂觀給人照耀。
歲月作燃料不斷被現實燃燒，難怪靈魂會脫離軀體往遠方飄，內心會麻木得傳不出心跳。

親愛的，很累吧？這些年來甚麼也只依靠自己，相信多強大的你也會有軟弱無力的時候吧？

別忘記，當你只集中於眼前的困苦，很自然會忽略圍繞著你身旁的支援和關顧。抬頭是寬闊的月明星稀，低頭是實在的足跡步履，而左右亦充斥著關心你的同伴知己⋯⋯四周也是新天地，無力時又哪會只得你自己？

倦透時，請容許自己停低休息；無助時，請容許自己尋求協助。

　　人生路不易走，但偶爾借助旁人的肩膀分擔解憂，總好過一個人獨自承受。

　　成長是，能倚靠亦可被倚靠，很多重擔其實無須獨自承擔。

人大了，怎麼不懂得獨處了？

　　容許我開門見山，臨睡前身心俱疲但仍躺於床上按電話的 Me Time，並不是有質素的 Me Time。

　　在這令人窒息的世界裏，能夠有一隅獨處的空間去喘息，去呼吸，去重拾活著的氣息⋯⋯是多麼的重要，也是多麼的需要。因此，世人開始提倡「個人時間」的重要性，但時間每個人也擁有，卻不代表人人也可把它的意義好好參透；驀然回首，虛度了的個人時間竟會損害身心。

　　獨處但仍想著他人的，不是有質素的 Me Time。
　　投入獨處時間時，你不再是職場的不倒翁，不再是維繫家庭的子女父母，不再是活於別人眼光下的情人知己⋯⋯那一刻你就是你，是那位常常想著他人卻忘了自我關顧的那個你。**當卸去所有身分，願你是位愛惜自己的人。**

　　獨處但虛耗著身體的，不是有質素的 Me Time。
　　很多人夜了多累也不睡，卻選擇於床上看著手機自覺享受獨處時光，但其實那只是報復式捱夜，過度疲累只會令你的身體加班活動，再教你明早睡眼惺忪。拉筋、冥想、閱讀也可讓腦海留白，別讓藍光成為你獨處時的不速之客。

我們懂得說話，但不一定懂得溝通；好比我們懂得獨處，但不一定懂得和自己好好相處。

若然獨處了仍感到內在的壓力不減，或許是因為你於獨處時所做的事正默默為身心加重負擔。

Me Time 真正的價值，不止是遠離塵囂尋求耳根清淨，亦不是沉淪於被糖衣包裹的習慣裏揮霍任性，而是敞開心扉把心聲聆聽，誠實面對把渴求看清，再做一些對心靈，對身體，對自我也有好處的事情。

人生有很多東西也重要，但人做我做只是一種鸚鵡學舌，為做而做更是一種本末倒置，因此，Me Time 重要，但有質素的 Me Time 其實更為重要。

一個人擁抱一個人，善待自己無須深奧的原因。
Me Time 的精髓，不在時數，而在質素。

成長是，明瞭時間有限，能獨處時更應該重質不重量。

人大了，怎麼時常要扮作堅強了？

　　表面看似刀槍不入的你，到底有多久沒有把心內的傷口給治理？又有多久沒有容許傷悲，放過一直壓抑情緒的自己？

　　曾以為世界苛刻，但原來成長後的自己對自己才最苛刻。明明已經衝鋒陷陣得身心發麻，但仍不接受自己放慢躺下；明明已經心灰意冷得雙眼通紅，但仍笑說自己不癢不痛。漸漸地，你成為了說謊的高手，騙了世界亦騙了自己一切安好，但若然真的如此，怎麼夜深時總會若有所思，怎麼獨處時總會苦問人生意義？

　　逆境時想難過，不要緊，就自然地接受悲哀。
　　人類不斷進化又如此聰明，但難過依然未曾絕種，就是因為難過有用，它只是用逆耳的方式提醒世人一些基本的情緒需要。難過看似不受歡迎但其實溫婉得可愛，它只是一位需要被關注的小孩，如你一樣，它只需要被愛。

　　傷心時想流淚，不要緊，就放浪地大哭一場。
　　不管你是任何性別、年紀、地位、崗位……你也有自由盡

情流淚，只因眼淚是生命裏的一份伴隨，它會用溫柔安撫你的情緒。哭過後的雙眼會分外清晰，令你看清鏡內人一直以來對生活的努力。

絕望時想求助，不要緊，就說出口尋求幫助。

常常為人設想的你總是不敢打擾別人，怕會影響他人的日常，怕會浪費他人的時間，但原來真正介意的從不是他人而是自己。向知己親朋求助不是打擾，卻是令每段關係更昇華的需要。

敢於不勇敢，放慢節奏方能聽到在呼救的內心；
強於不強大，接受情緒才可看到自身的無限大。

親愛的，這陣子的你生活得筋疲力盡了嗎？你總是擔起著不同角色的責任而心力交瘁嗎？你總是想開口表達時會因為太多的包袱而欲言又止嗎？

若然是的話，請你記著：其實你不需要時時刻刻也如此堅強，你是可以因難過而聲張，你是可以把自己的需要放於別人的之上。

自愛從不自私，你值得給你最大的重視。

別忘記，願意擁抱自己的軟弱，才是生命中的強大。

成長是，接受自己不需要時時刻刻也如此堅張，偶爾軟弱也可修補創傷。

水星

水星，是離太陽排名第一的行星。

對於水星的身世，公轉速度，地質結構……相信世人也不會過度關注，只因這個體積最小的行星，卻背負著一個最令人聞風喪膽的關聯詞——水星逆行。只要提及這個一年總會出現三至四次的天文現象，彷彿一切的問題也會給合理化。交通擠塞嗎？全因水逆！情感不順嗎？因為水逆！遺失銀包嗎？定是水逆！如是者，水逆的風行令人們習慣了歸因，而不再去檢討自己出錯的可能，甚至把一切本可逆轉的問題認定為自己的不幸，默然接受這就是自己難以推翻的命運。

對甚麼事也存有懷疑，時不時會對自己感到羞恥，這就是我水星逆行的故事。

B 雜、魚肝油、NMN、維生素 D、鈣片、骨膠原……我逐一把色彩繽紛的補充品放於掌心，再一口氣把它們全數吞下。對於由小到大也要吃藥的我，吞食藥丸可說是我最自豪的獨有技能。

過了三十歲，便逐漸踏入了迷上補充品的年紀，以往網上購物也是主攻衣物和護膚品，現在寄往家中的卻是一瓶又一瓶的膠囊，但其實叫它們作時間囊彷彿更為恰當，只因每朝吞下如此多合成品的原因，無非是想把身體的時鐘停頓，甚至逆轉。青春一去不返，我們誰也知道，但有趣的人兒就是喜歡裝作糊塗，千方百計來確保自己青春不老。

　　「嗯，你們醒來了？」我從洗手間梳洗後走出客廳說：「呵欠，早安。」

　　「我們這些年紀，不用睡那麼多的了。」母親說：「怎麼了？睡不好嗎？」

　　「嗯，怎睡也睡不夠。」我揉擦著眼，再一邊紮著馬尾說：「昨晚工作上夜更，今天便要上早更了，怎會休息夠？」

　　「辛苦一點也捱不了，怎可以的？」父親從我的房間走出來說：「想當年，我們怎會有得休息？怎夠膽呻累，呻辛苦？」

「爸！」我帶點不是味兒的上前說：「都說過不要隨便進入我的房間了！」再從他手上取回我的衣物說：「還有，我的內衣褲⋯⋯我自己清洗便可以了。」

「有甚麼問題？」父親不解的問：「你是我的女兒，我有甚麼是沒有見過的？」

「但⋯⋯但我已經三十多歲了，始終，始終⋯⋯」我帶點顫抖的說，不知為何，每一次和父母爭辯時也總是難以如平常般暢所欲言的。

「好了，好了！一大清早不要吵了。」母親皺著眉，再對著我被動地進取的說：「你也無須如此敏感，我們也不過是為你好就是了。」

我為你好，彷彿是一種帶有糖衣的圈套，墮進了便會逐漸感到內耗。

「我知，我明，只是⋯⋯」我帶點無奈的說：「我也需要一些私人空間與界限。」然後，便拿起布袋，打開大門準備前往工作。

「知道了，知道了。」母親嘗試打圓場的說：「今晚我們準備一些你愛吃的餸菜就是了。」

「啊，對了。」我裝作不經意的說：「我今晚不回來吃飯。」

「啊⋯⋯是嗎？但你今夜不是通宵更啊，怎麼不回來吃飯？」母親問。

「嗯，是，但是我約了朋友。」我說，不知為何，一個如此合理的原因，說出口時竟會帶點戰戰兢兢。

「嗯，好吧。」母親的面容帶有落寞的說：「那麼，留湯給你回來喝吧。」

「都不用了。」我準備關上大門時說：「今晚有機會會晚一點回來。好吧，再說，我快遲到了。」

「再見。」父親說：「那麼我和媽媽今夜自己吃吧。」而他的手中，正把我穿過的內衣褲投進洗衣機。

「對，沒辦法吧。」母親無奈的說：「子女長大了就是這樣的了。」

大門關上，我聽到門內傳出了洗衣機的滾動聲，以及母親向前移動的輪椅聲，而這些聲音，正好蓋掩了我心裏活躍著的內疚和自愧。

父母愛我，我知道，我真的知道，但為何世上有這麼的一種愛，會令服從的人如此窒息，會令拒絕的人自覺叛逆？

　　「麻煩你，一份烚蛋沙律和一杯熱鮮奶，謝謝。」我向收銀員說，再用消毒酒精噴灑剛碰過錢幣的掌心。

　　自小我便體弱多病，而父親總會嘲笑我「病體藥多」，因此由小到大，不管我吃甚麼，喝甚麼，以至穿甚麼，只要是涉及身體的東西，父母親也會分外的小心，甚至是過度的操心。而為了令我虛弱的身體有所提升，小學三年級時父親便捉了我到泳池學習游水，但學到小學六年級便沒有再學了。

　　時至今天，身體的狀況已算穩定多了，只是每天徒步來往仍會面紅氣喘，每月月事來臨仍要承受痛楚，每年寒風來襲仍會手腳冰冷。浸腳，中醫，暖水成為了我三字頭的親密伴隨，哪怕不想承認自己是中女，但總是誠實的身體狀況彷彿在催促我誠實面對。而最諷刺的是，身體最不健康的我，畢業後，竟然成為了醫護人員，或許是想彌補童年時的弱質纖纖吧，所謂能醫不自醫，所有的同事也是五勞七損，通宵追更沒了沒完，哪位護士真的能夠固本培元？

　　「早安！」男護士進來休息室笑說：「準備好要打仗了。」

　　「對，今天有些個案也比較複雜。」我翻揭著厚厚的文件

夾，惆悵起來說。

「不用擔心，見招拆招吧！」男護士從容的說：「你看你，先吃好早點再說吧，你只是吃了一口便停了下來。」

「嗯，一看到這些文件便沒有胃口了。」我說，再勉強把生菜塞進口中。

「放鬆一點！」男護士拿起了文件夾一邊簽署，一邊說：「吖！對了，剛剛你還未回來，護士長找你。」

「甚麼？」我嚇得連手上的木叉也掉在地上說：「甚麼事？是我又做錯了些甚麼嗎？」

「冷靜！冷靜！」男護士見狀，也停下了手上的書寫，安慰著我說：「她只是想問關於你上次到富士山所入住的酒店資料而已，冷靜！」

「呼……」我緩緩的把木叉拾起，將它投進垃圾箱裏，再噴灑著消毒酒精說：「下次說清楚一點吧，被你嚇壞了。」

「我說得很清楚啊，只是你神經過敏。」男護士繼續看著文件說：「其實，我也不明你的，明明做事如此認真，學歷又足夠，但總是常常懷疑自己，常常提心吊膽似的。」

「嗯，是啊，所以我便從 ICU 轉來了兒童病房了。」我坐著往後微躺，看著天花的白燈說：「莫說是你不明白我，有時候，連我也不太明白自己。」

「總之，別想太多，相信自己的能力！」男護士經過我的座位，拍一拍我的肩膊說：「然後下班後，好好回家休息吧。」

「哈哈，但今夜下班後我有約啊。」我微笑著說，再把桌上的早餐袋綁起來。

「喔！算是新聞啊。」男護士臨離開休息室時說：「是哪一位如此有幸能令你出山赴約？」

「哈，不止是一位啊。」我抬頭看著白光，彷彿是凝望著圓月的說：「是七位才對。」

接下來的下午，我身體內的聲音猶如一分為二，孕育了一對充斥疑慮的雙生兒。長得比較高的那位，總是會因為工作而變得神經質，會誤以為自己執錯藥物要回到藥物處再三確認，會擔心護士長不滿意我的表現而顯得手腳笨拙，會認為家屬們不信任我的專業而重複解釋同一番說話。不過，對於這把聲音的存在我已習以為常，本以為經驗的累積會令這伴隨已久的自我懷疑銷聲匿跡，但年月並未把這把煩擾平息，相反，職位越高責任越大越教我感到吃力。

而雙生兒的另一位，對，長得比較矮小的那位，一整日也在疑惑今夜的聚會將會如何發展。會否只有我一人前去而感到被騙？會否大家也變得沉默寡言而令氣氛尷尬不已？會否大家也成為了勢利的大人，滿口子也是房貸、股市與金錢？話雖如此，我仍是很想知道他們今天過得如何，畢竟，此刻的疑慮可以是虛構的，但那些年的回憶卻是千真萬確的，**或許，不管外貌怎變，每個人的心內仍有一部分的綠洲是從不會變的，對吧？**

　　這想法冒出後，心內的雙生兒立即停止了口角，卻以一個擁抱來化解對方的不安，而長得較嬌小的那位，手內就是拿著綠洲裏的一朵玫瑰。

　　「最後要留意的是，暫時你也不可離開病床，不然會影響小腿傷口的癒合。」我循循善誘的向病床上的小女孩說：「所以，若然大小二便需要幫忙，記得按下這個按鍵，叫喚我們來協助你喔。」

　　「嗯，謝謝姑娘。」小女孩低聲的說，再把薄被輕輕拉近身軀。

　　我向小女孩報以一個鼓勵的微笑，再向圍繞著病床的親屬們說：「那麼我先離開了，探病時間還有十分鐘，你們自便吧。」

「謝謝姑娘。」女孩的母親殷切的說。

當我正準備離開病房下班時，我隱約聽到女孩的父親對女孩所說的一番說話，一番帶有嘲諷的說話。

「哎喲，大小二便也要在這裏進行，真是難為情。」那位父親嬉皮笑臉的說。

旁邊的母親也忍俊不禁的回應：「記得辦大事時不要發出太大聲響。」而站於床尾的姊姊亦發出了一些「咔咔」的聲音。

「要不穿尿布吧。」父親笑著說：「反正你也不是戒了很久。」母親和姊姊也一同笑了起來，卻只有那位女孩繼續一聲不響，把自己捲進薄被中。

「不好意思。」我回過頭，按捺不住的發聲，但一說出口，心裏的緊張又冒出來了。

「怎麼了？」父親仍是笑著回應。

「沒甚麼。」我開始帶點吞吐的說：「只是……只是你們拿這些來開玩笑，可能……可能會令妹妹感到不好受。」

父親聽後，立即收起了笑容，再質疑的打量著我說：「你以為自己是誰？我如何教女需要你管嗎？」

原來做大人是這麼不容易的

「對，你未免太小題大做了。」那名母親也收緊眉心的說：「我們只是說說笑，替她減壓，緩和一下氣氛，你需要如此認真嗎？」

「你這些所謂專業人士，讀多少少書便大驚小怪，一兩個玩笑又會影響她甚麼甚麼。噴！我們小時候光著褲子在村內跑來跑去也是這樣，有甚麼大不了？」那位父親一邊說，一邊把我趕走的說：「不要阻礙我們的探病時間，過主吧。」

我跟自己說過，我不會在工作範圍內哭泣的。因此，把文件填妥，把制服換好，在我步出醫院的一刻，那顆混雜委屈和憤怒的淚珠亦不遲不早的掉往心中的缺口內。

世界上有多少大人自以為有趣的笑話，其實為孩子的心靈烙下過多沉重的創疤？

把心情安頓好，終於徒步走到這條熟悉的街道。兩旁的鳳凰樹依然的枯萎再繁盛，路上的黃街燈仍舊的昏暗再光明，而腦海的回憶亦隨著步步踏前而由朦轉清。我想起了那時最喜愛的天文學會，那時最討厭的體育課，還有，至今仍最難以釋懷的游泳池，對，那個自小六起便從未踏足過的游泳池。

我站在校園的後門處，深呼吸了一口，再默默的和自己，以及心內的雙生兒說：「好吧，我們也不應該再逃避了；不要

怕，今天我長高了，應該有能力面對的了。」

「叮」，提步前，電話傳來了一則短訊，一看，原來是父親傳來的「心意」。

「母親替你煮了湯，回來記得要喝光，別浪費她的一番心血；還有，你的衣物已替你摺好，放了在你的床上。」

看來，我錯了，人大了心內仍然不會變的一部分，不一定是綠洲，而是那揮之不去的成長詛咒。

會帶來不幸的，是水星逆行；

而我一輩子也在練習的，是逆水而行。

「爸爸，我今天肚子有些不適，可否不去練水？」我問。

「別跟我裝了，不用找藉口逃避練習。」父親把泳衣拋給我說。

「對，父親也是為你好。」母親亦從旁替我執拾著背包說。

那年小六，我強忍著劇痛跳進游泳池；

那一天，是我最後一次踏足游泳池；

那一天，亦是我第一次迎來月事。

池水逐漸混濁，而我的自尊亦一同染紅，面對關於身體的羞辱，原來自我懷疑便是今天的殘局。

我是水星，是回憶和內心也存有血跡的一顆星。

Chapter Three

關於拖延，關於懷疑

人大了，怎麼再努力也好像不足夠了？

　　繼續努力，繼續加油；但若然努力已經到了盡頭，鬥志已經隨年折舊，而結果仍未到手，試問，我們還要加多少油，我們還應如何奮鬥？

　　可能是孩提時的寓言童話美如詩，又或是求學階段的文章太勵志，一個又一個成功故事，令我們誤信了一切也真有其事，以為付出了便一定擁有收穫，努力了便定能獲得心中所渴。終於，我們成長了亦看通了，原來努力只是入場券，周遭仍有太多難以控制的事教人身心疲倦。

　　努力向目標進發，但外在的因素往往動搖著計劃。
　　你為了那個多年的目標，付出了大半生的努力，花費了數不清的時間，而最大的煎熬是，明明用盡全力了但仍未達標，連你也會開始懷疑自己的能力。雙手只得一對，而四周也是控制不了的疑慮，任誰也會唏噓。

　　努力把關係維繫，但心愛的人不一定會為你留低。
　　可以做的你也做了，變得體貼，加添情趣，嘗試主動，再

　　　　　　原來做大人是這麼不容易的

每一天代入對方的角度去看自己，但換來的除了是各走各地，還有那個變得面目全非的你。**有些愛拋出了卻收不回，難怪隻身的你會如此意冷心灰。**

努力令自身變好，但世間的苛刻和批判依然糟糕。

自問比起以前已經改變了不少，那些陋習更改了，那些尖刺磨鈍了，但在別人的眼中永遠是不夠，彷彿自己永遠也不夠好，純白以外總有污點可以被指責。**到底是自己永遠不夠好，還是現實世界就是如此的殘酷？**

又一個被擊沉的晚上，你知道目的地在何方，但怎樣也到達不了卻是一種折磨，你有付出過，你有堅持過，但奈何依然不果，終於你凝著淚水說：「我已經很努力了⋯⋯」

親愛的，看著前方會洩氣，不如便回頭一看自己用雙腿走過的每一段路。即使終點未達，但若然從過程裏獲得過一點學習，一點成長，一點美好回憶⋯⋯這段旅程便叫值得，因為你用努力讓自己變成了一個更好的人。

成長是，明白有些事努力了也未必會有回報，但是你亦明白到，若然沒有努力過，便不會有今天的種種結果。

努力，是為了給自己一個交代。

別再質疑努力不中用，直視今天成熟了的面容，誰敢說你的努力徒勞無功，誰敢說堅持至今的你不夠英勇？

成長是，明白有些事情努力了也未必會有理想的結果。

人大了，怎麼開始人云亦云了？

　　若然你也認定了很多困局難以改變，默許了很多讓步也是在所難免，久而久之，你大概不會再為重視的人和事感到在意。

　　當你內心充斥著不忿和難過，可能是工作的不如意，可能是世界的不公義，可能是人際關係的愛恨交纏，可能是人生藍圖的停滯不前⋯⋯但一說出聲，卻換來朋友一句「係咁㗎啦」作回應，頓時你也疑惑自己是否仍未清醒，應向現實妥協認命？

　　關係中的矛盾和疏遠，係咁㗎啦。
　　父母和子女一定會有代溝、友誼長大後一定會各散各走、和愛人穩定了一定會冷淡不親厚、現今關係一定不會堅固長久⋯⋯旁人眾說紛紜，寧可相信別人，也不去和熟悉的人尋找疏遠的原因。常聽他人說，何不嘗試解決？

　　工作上的榨取和壓力，係咁㗎啦。
　　剛出來工作必要吃虧、茶水間的是非謠言必會以訛傳訛、上司的無理要求必然要接受、有上班沒下班的不人道規定也必

需要遵守……然後，怎麼堅守自身責任便是自私自利，提出不公對待便是打擊士氣？

人生裏的迷失和重複，係咁㗎啦。

是否踏出社會便要向現實低頭？是否人到中年便不可再改變生命方向？是否人成熟了便不可再談夢想？是否明知不適合也要跟隨大隊拒絕想像？人會大，也會老，但不一定會成長，願你懷著心有不甘不輕易退讓。

人生，應該是由自己的意志和喜惡來定義生活，而不是讓生活來扭曲自己的意志和喜惡作迎合。

當你漸漸妥協，當你慢慢麻木，你便會開始接受現實係咁㗎啦，社會係咁㗎啦，世界係咁㗎啦……然後，你會拒絕任何的改變和堅持，再默默自我麻醉說：「人生，係咁㗎啦……」

親愛的，相信我，不是這樣的，人生不應只是這樣的。

窮途末路時，其實你可以開闢自己的天與地；惡性循環時，其實你可以掌控自己的命與運。別忘記你是有選擇的人，由今天起別再因為「係咁㗎啦」而令自己感到委屈。

只要你願意，生命便有改變的可能；

只要仍有可能，願你不妥協的掌控自己的人生。

成長是，明瞭自己是有選擇的人。

人大了，怎麼總是想放棄了？

當低谷的情緒向你招手，當腦海浮現放棄的念頭，不如先讓自己一天小休，向前或退後也留待明天過後。

可能在最絕望的一刻，你也曾經想和自己說聲算了、堅持夠了、不再重要了……甚至會開始推翻當初熱誠滿腔的決定，再否決曾經敢夢敢想的自己。那個刻著「放棄」的紅色按鈕緩緩從深淵升起，你看著它，盤算應否按下去……三，二，一，不如，容許自己明天再作打算？

放心抽離，就花一天盡情取悅自己。

還記得那位愛笑，愛玩，愛獨處，亦愛熱鬧的自己嗎？不管是工作的原因，還是責任的箝緊，這一天便拾回那個無須偽裝的身分，盡情做自己喜愛的事，暫時放下那苦困的心事。當煩惱別了，原來自己仍懂得笑。

放慢腳步，從另一角度給自己檢討。

每天如此急速的你，又是否願意把時間還給自己？想想過去的不足，再給自己一些忠告；想想累積的美好，再給自己一個擁抱。用第三人稱看自己，檢視每一個忽略了的時刻，原來

自己曾對自己如此苛刻。

放空頭腦，重新思考未來何去何從。

堅持與執著往往是一線之差，懂得適時抽身也是一種抉擇的智慧。夢想幻滅，中途退出，目標未達難免會沾濕眼睛，但每段過程也是成長的見證，此路不通的行程，轉個彎可能才可看到前所未有的光景。

都堅持了這麼久，卻因為一時三刻的逆流，別人無理的批鬥，自圓其說的藉口……而在未經深思熟慮的秒速間放棄，這樣的告終又會否過於兒戲？

親愛的，想放棄之前，不如先讓自己靜下來休息一天。

重要的決定，請不要在自己最混亂，最情緒化，最不在狀態時作出。早點去睡，重整思緒，喝杯清水……**原來平靜下來後，答案自然會浮現於心裏。**

別忘記，重點不是放不放棄的問題，而是認真思考後那不會後悔的心甘命抵，以及某天回眸不會心存遺憾的一份安慰。

成長是，想放棄之前，深呼吸一口氣，容許自己再次站起。

人大了，怎麼再沒有人讚美自己了？

在這個甚麼也想讓人知道，跟人分享，令人留意的時代，其實有些東西不需要拋出公海，最重要是給自己有所交代。

結果往往是最惹人注目的，沒有人會理會這位學生如何通宵溫習，只會關注他的成績是乙還是甲；沒有人會關注這位青年如何含辛茹苦，只會留意他於比賽能否奪冠。久而久之，我們希望自己的努力每秒被看見，但這種只顧著力於人前，會否和當初的堅持有點本末倒置？

花時間被看到，不如花時間做得更好。

用嘴巴說自己努力人人也懂，但是用身體力行實踐努力卻不是人人皆懂，過程也許毫不輕鬆，但捱得過你便會比過去更為英勇。花時間默默耕耘，總好過浪費時間迎合他人，畢竟，你才是自己需要交代的人。

花心力被讚美，不如花心力做好自己。

大半生也在顧及他人對自己的觀感，你呢？你對自己一直走來的付出又有甚麼感受？被欣賞的感覺當然是美好的，但在

所有的讚美批評中，最重要是高峰時你給自己的認同，以及低谷時你給自己的包容。

人大了，就學懂有些東西只留給自己，不需要每每也公告天下，更不需要因被冷落而感到害怕，只因有些過程是你給自己的約定，「對得起自己」才是活著的價值。

親愛的，你的努力不需要每分每秒也被看到。
就集中於自己默默的做，容許自己慢慢的進步，相信自己能漸漸的變得更好……然後你會發現，努力無須刻意宣告，而擲地有聲的結果已是你最鏗鏘的結局。

把目光放回自己，以過程寫下傳記，
再次抬起頭時，你便能看到更遠更廣的新天地。

成長是，把心神歸於自己，自給自足的讚美往往最擲地有聲。

人大了，怎麼時常懷疑自己的決定了？

踏前了又不斷回頭，選擇了又瞻前顧後，難怪置身天空中遨遊，身軀依然被過去牽著走。

人生每人每天也不斷在做決定，起床或賴床、吃早餐或直接吃午飯、朝九晚五或擁抱自由、忍耐妥協或決斷離場……以為每天練習便會成為習慣，怎料選擇恐懼依然存於心間。眼光向前但思緒仍在過去，試問這樣的你又怎能無拘束地往理想追？

決定了改變，就學習期待下段旅程的發現。

你比誰都清楚，不去試一次你是永遠不會心息的，既然有了改變的勇氣，不如就攜著這份勇氣去擁抱改變帶給你的萬種可能性。好壞不是結果而是角度，從氣流中了解需要，從崎嶇中學習成熟，其實任何事情也值得舉杯慶祝。

決定了關係，分開或一起也別向過去執迷。

若然根本問題沒有解決，藕斷絲連其實也不過是在重複過去的片段。選擇分開，便灑脫一點尋覓下一段精彩；選擇一起，便不要再把過去翻出來說是說非。**關係需要信心，而關係破損**

總是源於其中一人的疑心。

決定了出走，就別顧慮行李內有甚麼遺漏。

離開，並不是一個容易的選擇，過程會內疚，會懷疑，亦會放不下太多的回憶和舊事。負擔太過重，超載的航班又怎可升空？回憶在心中，閉上眼便能看到他們的面孔。願移居的人在新世界尋到嚮往的天空。

不去選擇，未來又總會為錯過機會而自責；

選擇好了，每刻又總會為懷疑而難以逍遙。

或許問題不是自己的選擇，而是那個選擇了不斷提問的自己。

親愛的，你總是喜歡想太多，想太壞，想太遠……最後想到腦袋也燒了，才發現一切也是庸人自擾。

別忘記，**決定是中性的，**當中並沒有所謂的對與錯。未來更好更壞無人知曉，但若然能把眼光放回當下的分秒，任何經歷也不過是令你成長的步調，踏前了便會步近了，嘗試過了也便無憾了。

成長是，決定了便勇往直前，就用行動去證明這就是最好的決定。

金 星

金星，是離太陽排名第二的行星。

若然要數夜空中最耀目、最亮眼的天體，相信由古至今的抬頭者也會視月光為首選。無他的，在月光面前，彷彿任何星體的光芒也會被取而代之，人們的視線只會關注那圓缺有時的月兒。但是，不談不知，金星於漆黑中所散發的光芒，其實只僅次於月球排行第二，只是，沒有太多人會給金星太多注視，它卻只好靜靜的安守於宇宙的位置，默默的接受自己畢生只好排行其次。

有時候，我也會想，若然可以選擇的話，我會想自己於家中排行第一還是第二？

「嗶嗶嗶⋯⋯嗶嗶嗶⋯⋯」早上十時，我模模糊糊地把床邊的響鬧裝置關掉，合上眼裝作若無其事，再睜開眼已是下午一時。

若然把我這一生的賴床時間加起來，大概可以容許我環遊世界數十遍。

「噢，終於捨得起床了。」把房門打開，迎來的是午飯的餸菜香，以及母親的嘲諷。

「其實你調校鬧鐘也是徒勞吧，有哪一次響鬧後你能夠不翻睡的起床？」姊姊單打的說，再和母親對目而笑。

「不是啊，昨晚趕設計趕至凌晨三點多嘛。」我伸著懶腰，再搔著腰肢說：「姊，你今天不用上堂嗎？怎麼還在家？」

「不用啊，公開試剛完結了，公司容許我放一個大假。」姊姊說，再把炒麵送進口中。

「對啊，平常工作得如此辛苦，當然要休息充電。」母親挾著青菜，再對我說：「你跟姊姊學習一下吧。」

「是了是了，我的工作不辛苦的。」我不忿的說。

「不是這個意思，但看你常常在家無所事事的，何不找一份穩定的工作，為何硬要做甚麼自由工作者，多不穩陣。」母親說，已不記得她是第幾次如此的說。

「對啊，妹，我常常跟你說，我公司有助手的職位空缺，但你總是聽後便不當一回事了。」姊姊說，再呷一口熱茶。

「不用了。」我往洗手間的方向走著說：「這不是我嚮往的生活。」

「你喜歡吧，反正有份長工你也不會做得長久，到時候拖累你姐姐便不好了。」母親拿起一隻空碗藐視說：「怎樣？工作不要了，那麼午飯要不要？」

我一臉無奈的看著她們，口腔卻不爭氣的說：「要。」

擠出牙膏，放進口中，我一邊把牙齒刷淨，卻難以把心中的鬱結去清。為何我不可以選擇自己想要的人生？為何總是要把我和姊姊拿來作比較？為何很多事情我還未開始，他們便斷定我不會成功？是不是因為我在家中排行最細，任何的成就也不會被收進眼底？是不是即使到了三字頭的年歲，在他們的眼中我仍是那個乳臭未乾的蘿女？

我想長大，但彷彿一部分的過去卻不容許我長大。

「吐！」或許是想得太用力了，牙刷刷傷了牙肉，連白色的泡沫也藏有血絲，這令我想起自己已有多年沒有到牙醫診所洗牙了，嗯，算了⋯⋯還是遲陣子再處理。

「所以，你有甚麼打算嗎？」姊姊吃過午飯後，弄著手沖咖啡說：「畢竟，你年紀也不小了。」

「對啊。」母親亦開始收拾著碗碟說：「現在只欠你仍會令我和你老爸感到擔心。」

「沒有人要你們擔心啊。」我把冷了的炒麵塞進口中說。

「哈，說就容易。」母親把碗碟拿進廚房，再揚聲著說：「若然你有你姊姊般優秀，我們就真的不用擔心了。」

我沒有回答，亦不想多說些甚麼。

「家姐不是想逼迫你，但你也真的要為前途著想一下。」姊姊把壺內的滾水倒進放了咖啡粉的濾紙上說：「人啊，不可能每天也是為了舒適而活的。」

滾水的蒸氣洶湧的冒出，令我和姊姊的距離彷彿隔得更遙遠。

「我有想……我真的有想的。」我一邊咀嚼，一邊解釋說：「我知道這樣自由身做設計是難以收入穩定，我有想過和朋友合作創業，為客戶提供一站式的市場營銷方案。」

「對，『我想我想』，你總是想想想，卻從不會動手做。」

姊姊把水壺放下，再說：「況且這個時機創業，你真是不知天高地厚。何不如母親所說，找一份有安定收入的工作？」

「我剛剛說了，我對有固定工時的工作不感興趣，我喜歡較自由的生活。」我反駁的說。

「那麼自由可以當飯吃嗎？」姊姊把濾紙掉進垃圾箱內，再問：「吖，對了！你早陣子說想進修，想報讀一個設計課程，怎樣，有進展了沒有？」

聽後，我把飯碗立即放了下來，再瞪大雙眼的看著姊姊不發一語。

「哈，真有你的。」姊姊拿起了咖啡杯，搖著頭的說：「連這些事你也可以錯過報名日期，厲害。」

「那麼……我……我總是對數字不敏感的，怎會記得截止報名的日期……」我強詞奪理的說。

「你喜歡吧，反正是你的人生。」姊姊一口氣把咖啡喝光，再丟下一句：「**你始終還是那時候的你，只想不做，說到也做不到。**」

我深深不忿的把碗內剩餘的一口炒麵倒掉，再把碗筷拿進廚房給母親清洗。

「妹，你家姐沒有罵錯你的。」母親接過碗子，語重心長的說：「你也要為說過的話負責啊。」

「嗯，知道了。」我敷衍的回覆。

「對了，今晚吃飯嗎？」母親問。

「不了，我不吃。」我準備步出廚房說。

「怎麼了，約了朋友嗎？」母親把水龍頭關上，好奇的問。

「對。」我如實的回答：「今夜，**我就是要為說過的話負責。**」

即使母親和姊姊的話教我心不在焉，但迫切的死線卻令我不可再拖延。儲存，附件，送出，總算是能夠在約定的時限前把設計寄給客戶。我快速的塗抹 BB 霜，塗上淡口紅，換上又變緊了的牛仔褲，便出門奔往車站，準備沿著車路，通往那個還未有如此多煩惱的時空。

坐在電車的上層，我看著這個城市的五光十色，卻看不到這個自己的自身價值。

大概，這就是成長中所謂的樽頸位置吧，總想為沉悶的

生活增添一些色彩，總會開始思量人生的意義，總想生活有些改變，轉工好，創業好，進修好……反正就是為千篇一律的年月日提升一下心跳的節奏，以及為日復日捱更抵夜增添一些心甘情願的原因吧。但是，想像時總是教人嚮往的，但當想深一層，甚至要提步行動時，又會被無限的藉口打回原形，難怪計劃想了多年，但進展依然不變，或許這個階段的人，就是矛盾得連自己想要甚麼也摸不透。想安穩，卻又不甘心一輩子就這樣安度餘生；想改變，卻又終於發現這輩子最怕的就是改變；想追夢任性，但反叛的成本卻貴重得令發夢的人清醒；想腳踏實地，但明瞭再過幾年便真的過了仍可任性的年紀。

電車停在十字路口，但跟著路軌始終能往目的地的方向走。但這刻的我不同，站在十字路口的我沒有地圖，亦看不清前後左右哪一方是出路，我只知道，自己已失去了曾幾何時向前衝的英勇，如今只剩下只懂空想而不去做的虛無。逃避可恥但有用，至少舒適圈裏不會痛，相信這個年紀的人也會懂。

我於停定的電車倚窗仰望，刺進我眼球的是大型的廣告燈，繚亂我神經的是廣告牌上的標語：「*摘星改變命運，佳績閃耀人生*」。

真的如此嗎？這個社會就只有那些成績優異，滿口數字的人才可發光發熱嗎？結局不果，但盡了全力的人呢？資質有限

但默默進步的人呢？難道精英主義下就容納不了默默耕耘的靈魂嗎？難道冠軍以外便沒有值得被歌頌的體育精神嗎？人生的賽道誰都是健兒，有人會一馬當先，有人會起步太遲，而冠軍只有一位，但沒能力觸碰那條衝線絲帶的人難道便要被一世看低？

電車繼續行駛，廣告燈的強光漸漸降低，我方可看到標語上方的輪廓正是我姊姊的面容。「數學天后，空前絕後」，對，在公在私以至在廣告牌上，她總是如此的光芒四射，更顯得旁邊的我暗淡無光。

我討厭數字，亦討厭競爭，特別是二人的比拼，只因即使獲得亞軍的殊榮，在他人眼中仍是包尾的污名。

「真羨慕你，可以做家中最細的一員，甚麼事也總有姊姊照顧。」由小到大，我也常常聽到這種的誇獎，但若然可以選擇的話，我寧可當位獨生女，哪怕關注是多一點，但至少不用被父母拿來比對我和她的優點缺點；甚至我寧可多一個妹妹，哪怕排行中間會被忽視，但至少和她被親戚相提並論時，不用含淚笑說不介意。

「姊姊跑步快一點」「妹妹吃飯慢一點」「姊姊早一些考獲八級鋼琴」「妹妹慢一些看懂《易經》」「姊姊的默書滿分，令人驕傲」「妹妹的默書九十分，仍需努力」「姊姊考獲第一

志願，可喜可賀」「妹妹獲派第二志願，不過不失」「姊姊年薪過百萬，社會棟樑」「妹妹工作不穩不定，社會寄生」。

對，就是這樣，在這個完美人設面前，我多聰穎也是愚蠢的，我多落力也是不足夠的，我做得多好也是「姊姊比較好」的。

或許，長奪冠軍的她沒有錯，屈居亞軍的我也沒有錯，錯的，是旁人總愛比較的目光，以及每個人心裏用來定義他人價值的排行榜。

下車，轉車，上車，再下車，終於來到了十八年後的這一夜。

沿著熟悉又夾雜陌生的路走回母校，每一步也彷彿令人回想起那年十六的壞與好。

我想起了暗戀過的學長；我想起了半途而廢的鋼琴鍵；我想起了錯過了報名日期的歌唱比賽；我想起了我們八人在天台說過如何，嘆過奈何；我想起了那份教人沮喪的數學研習，對，那份研習困擾了我整個暑假。

終於到了，是回憶的味道。我站在後門，低頭是長高了的距離，抬頭是觸不到的明月星稀。明月很亮亦很美，它亮得照

　　　　原來做大人是這麼不容易的 ─────────

遍了萬籟俱寂的天地，而它又美得令旁邊第二亮的金星被冷落得只能妒忌。

「家姐，你數學如此擅長，可以教我完成這份數學研習嗎？」我問。

「我很忙的，怎麼如此簡單的東西也不懂？」姊姊嫌棄的說。

「對，你自己想想辦法吧，別只是懂得煩著家姐。」母親坐在沙發說。

「但是……但是這次的題目真的很困難。」我說。

「不是題目難，」姊姊沒有看著我說：「而是你蠢。」

或許，我討厭的不是數字，而是那位精通數字的姊姊。

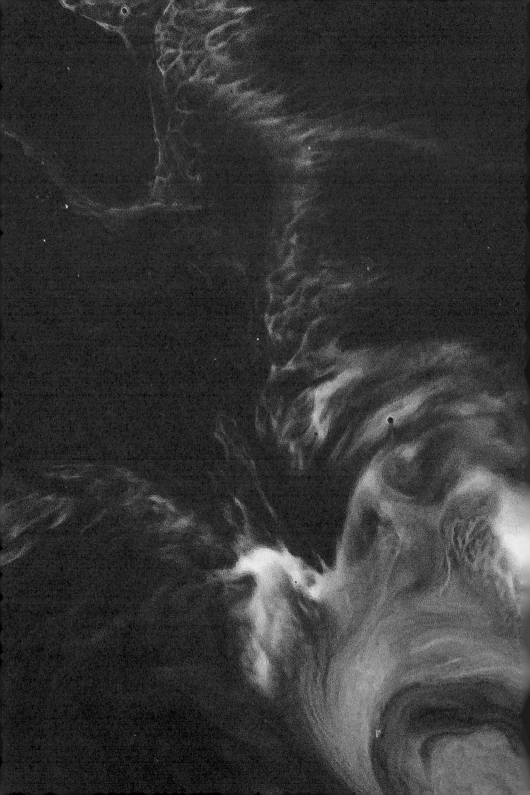

Chapter Four

關於白晝，關於目光

人大了，怎麼笑容少了？

　　曾以為快樂是種容易的唾手可有，但遇見過年月的小偷，飽受過歲月的難受，才發現由心的笑容是種得來不易的罕有。

　　把電話內的相簿滑到最底，回憶便回到當年的歲數，那時候的相片不求像素，只求記錄，你眼看著那位有點熟悉又帶些陌生的自己，發現最大的改變不是外表的蒼老，而是臉上的笑容。

　　曾經的笑容，誠實得不需要他人贊同。

　　小時候我們被教導不要說謊，是成長哪一篇章出了錯，我們長大後才會連自己也欺騙，笑容也因為別人而改變？**過去的自己只為快樂而笑，今天擠出笑容竟成為每天的例行工作了，當快樂越笑越少，這樣的自己是否可笑？**

　　曾經的笑容，簡單得無須刻意跟深奧。

　　那陣時的自己，甚麼也可以是歡笑的源頭，無聊的笑話，簡單的小吃，活著的期待……統統也不存在灰色的地帶。以前的笑容便宜，因為它總是常常出現，以前的笑容昂貴，因為一旦失去了便難以把它再次留低。

曾經的笑容，常見得不會失去了影蹤。

當然，以前的自己也會有那陣時的煩惱，可能是考試，可能是青春期，可能是意亂情迷……但至少今天難過了，明天便可重現笑臉。生命感到難過不可怕，最可怕的是生命裏只感到難過，而再回不到樂天的當初。

曾以為笑容失蹤到天涯海角，你便從慾望與物慾中尋找快樂，但奈何太刻意的營造只會產生幻覺，令你忽略了它原來隱藏在你心內最單純的一角。

這個世界的虛假夠多了，很多假情假意也難以控制，很多人前人後也難以估計，**但至少，面對自己時要誠實得徹底。**

情緒的表達無須過分思索，快樂時盡情快樂，難過時即管失落。若然你對童年的自己問及快樂的哲學，他大概會輕撫你的心房，再溫柔的告訴你：

請順從自己的直覺。

成長是，無須把快樂複雜化。

人大了，怎麼被網絡世界操控了？

　　每天接收的資訊如此多，若然沒有思考過濾過，我們只會成為助長愚昧和涼薄散播的惡魔。

　　小時候，曾以為科技發展會令人們變得進步，但反觀今天的世代，彷彿科技令我們不進反退，頭腦由盛變衰，內心的善良亦逐漸告吹。聽說，據說，消息指，網民稱，知情人士披露，根據可靠情報所說……每秒的資訊從不缺，與其道聽途說，不如思考過後才下判斷？

　　那些不負責任的批評，誰會為無辜者發聲持平？
　　一句的毒舌，便能夠抹煞別人一直以來的付出，一聲的附和，便能把失實的指控流傳得言之鑿鑿。沒有人會探究誰是誰非，只要伴碟的花生對味，誰會討論道德和道理？**生於這疑幻似真的世代，願我們也能夠被公道的對待。**

　　那些毫無根據的傳言，不在現場又怎可能明辨？
　　有些人猶如擁有超能力，他們單憑一張相，一句句子，一個角度，就彷彿能洞悉整件事情的來龍去脈，再說得如置身現

　原來做大人是這麼不容易的

場般逼真。與其說他們的行為是幼稚，不如說是自私。若然謠言止於智者，造謠和傳遙者又能否成熟一些？

當事實變得越來越模糊，當真相變得越來越廉價，你的溫柔仁慈，你的所想所思，你的自由意志……便是你快將變成魔鬼時，能夠阻擋你被扭曲的最後一條防線。

別忘記，誤解別人後，妄下定論後，無須負責的人仍可生活依舊，但當事人卻要把鬱結獨自承受，甚至把他們逼到絕望的盡頭。

親愛的，別讓無知成為你茶餘飯後的話題，別因一時快慰徒添他人的後遺，也別因網上的一句，摧毀你一生累積下來的良善和智慧。

善惡其實很近，別讓一念的傾側，讓你成為了曾經自己最看不起的那一種人。

成長是，懂得從虛擬世界抽離，尋回真實世界的同理。

人大了，怎麼總是後知後覺了？

　　有些話說得太多次，當中的意義便會漸被無視，那句信口開河的「下次」，是多少人悔不當初的遺憾和倒刺？

　　活於香港，哪有人會不繁忙？忙生活的，忙工作的，忙家庭的，忙尋找人生方向的，忙修補歷史創傷的……每人也有著自己的人生命題要拼命，因此面對別人不同的邀請，我們也會說句「下次」來回應。說多了並不代表會實現了，相反，此刻的擱置卻會令未來的自己後悔了。

　　有些碰面，下次過後便難以再見。

　　從前的你又怎可料到，成年後的約見可以用上數年的時間才可實現。曾以為朋友等等也無妨，但數年過後，有的早已移居彼岸，有的已經失去聯絡，甚至有的已經在天國分隔兩方。**原來有些疏遠，不一定能下次再扭轉。**

　　有些伴隨，下次過後便已經失去。

　　桌上的湯涼了可以倒掉再煲，但家中的人老了便不可能下次再抱。曾認為父母很難滿足，席間沒有話題值得延續，但當

他們年事已高，後悔卻成為了自己後知後覺的結局。原來有些心事，不一定能下次再告知。

有些英勇，下次過後便驚覺蒼老。

總是把工作優先，往往把夢寐擱置，下次再下次，便漸漸放棄夢想這回事。有些事情不趁早做，到了某些歲數，便會發現自己沒有力氣再去做。時間不等人，歲月不饒人，原來有些熱情，不一定能下次再任性。

難道經歷過這些年的風雨飄搖，眼看要走的也走了，無奈要變的也變了，我們還不懂去捉緊此刻生命裏的最重要？

人越大，越明白人生沒有太多的「下次」，生命是一首不知何時完結的無常詩，字裏行間也是難以預測的遺憾事，若然我們不是先知，不如就視每一次為最後一次。

至少這樣，我們便不會因為一時的錯過，而換來一輩子的悔過。

人生只得一次，別讓「下次」成為你生命中本可避免的瑕疵。

成長是，明白生命沒有太多的下次，再不提緊便會到此叔止。

人大了，怎麼懶得再去解釋了？

是自己的稜角因成長而磨蝕了，還是自己的耐性隨相遇而耗光了？怎麼今天的你，很多事情也不想再去解釋了？

還記得曾幾何時的自己，最害怕被誤解，最討厭被扭曲，最介意旁人在背後說三道四。隨著成長，周遭的七嘴八舌竊竊是非從未休止過，甚至是不斷遞增，彷彿自己做些甚麼也會惹來某些人的側目和指控。咽喉間孕育出反駁，但字句到達了唇齒間，卻變成了淡然的一句：算了吧。

遇到了只看表面的人，不去回應也是一種求生。

每個人也有自己的難處，而每個人的背後也是一段段有血有肉的困難經歷，若然光看外表便作定論，其實是一種絕不公平的指控。與其回應了會帶來新傷痕，原來不回應也是一種求生本能。

遇到了不懂聆聽的人，說太多也只是浪費人生。

回應卻換來扭曲，解釋卻換來無視，說明卻換來忽略⋯⋯然後你會發現，耳朵人人也有，但懂得聆聽的人原來少之又

少，甚至乎，願意用心聆聽的人其實寥寥可數。既然說了也會被冷落，難怪沉默成為了城市人的新習慣。

由曾經的據理力爭，到今天的由他去，當中經歷過的其實不單是成長的妥協，而是一次又一次對人的失望，以及一而再再而三對溝通的氣餒。

人大了，很多事情也懶得去解釋了，只因現今的人們只愛對看到的藐視，而不去理解看不到的背後故事。

親愛的，不要讓旁人不負責任的一句影響你一路走來的信念。

把時間，把心力，把說話留給懂自己的人，原來心內的委屈他們始終明瞭，原來被無關痛癢的人曲解並沒甚麼大不了，原來，把視覺放回值得重視的人才是生命中的最重要。

成長是，明白太多時的講不出聲，是因為太多人也不懂聆聽。

人大了，怎麼總是會迎合他人了？

磨掉稜角，套上外殼，再剪掉所有由心而發的知覺，漸漸你換到了他人的眼光，但看著鏡子時怎麼會有一種陌生的感覺？

「你是誰？你的喜惡是甚麼？你會怎樣形容自己？」

這些於當年入學面試被問及的問題，怎麼今天重看，竟然會有一種欲言又止的感覺？已不記得由何時開始，可能是因為成長的際遇，或是因為命途的不如意，你開始罔顧自己心內的情況，卻只是著眼於他人的目光。自身一吋一吋的割捨，今天的你剩餘甚麼留給自己？

改變喜好性格，卻騙不了內心的掙扎。

喜歡與討厭往往是誠實的，但唯一不誠實的，大概便是不斷自我欺騙的你。喜歡的沒有應許，不喜歡的卻自願跟隨，漸漸地你也忘記了心中的喜惡，卻只會對他人的一切感到在乎。

改變生活模式，卻換不到對方的尊敬。

明明喜歡早有安排，明明不喜歡太夜回家，明明自己的時

間不比任何人的時間來得廉價……但怎麼對方的一聲令下，會令自己裝聾扮啞，而拒絕時又會帶有懼怕？若然你的讓步不被尊重，再退一步只會令自己更加委曲。

改變底線原則，卻換來了無盡的委屈。

若然童年的你看到你今天的所作所為，你猜想他會感到傷心還是安慰？扭曲自己而換來的成就，滿足沒有卻充斥難受，只因自己親手摧毀了和過去勾過的手。**若然你變得面目全非，試問童年的自己又怎能再認得你？**

不是要執著得從不改變，但如何微調也不需要剪斷自己的界線；

不是要離群得從不讓步，但如何進退也不需要背棄自己的軌道。

親愛的，你之所以珍貴，是因為世界上如你的人就只有你一位，就是因為這個你獨特得彌足珍貴，才更值得你把自己好好捍衛。

從今天起，承諾自己，不要再為了迎合而改變自身，更不要為討好別人，出賣自己那美麗而又獨特的靈魂。

若然迎合令你更感格格不入，其實你不需要在原地刻意留守。

　　一人一次人生，別讓生命充斥飲恨；不是那種人，便不要成為那種人。

　　成長是，堅守自己的獨有靈魂，不再敖迎合而改變自身。

從今天起，承諾自己，
不要再為了迎合而改變自身，
更不要為討好別人，
出賣自己那美麗而又獨特的靈魂。

土 星

土星，是離太陽排名第六的行星。

以外觀而言，土星總是能夠得到眾人的垂青，只因它那華麗而又夢幻的土星環，總可在八大行星中別樹一格。儘管土星的大小是所有行星中排行第二，但它卻是唯一一顆平均密度比水還要小的行星。打個譬如，若然行星們要在海洋深處開派對，相信只有土星會一直飄浮在水面，難以潛到水底和行星們見面。美麗中帶點孤獨，大概便是土星的命數。

「帥哥！你的苦瓜汁。」果汁店的老闆娘對我說。

「麻煩你。」我接過苦瓜汁，再把錢幣遞給她說。

「謝謝惠顧。帥哥，你的樣子真好看，長得很標致。」老闆娘打趣的說：「看到你，我的苦瓜汁也不苦了。」

「嗯，謝謝你。」我勉為其難的笑了一笑，然後便把這份尷尬遺留在店門外，再趕緊在午飯時段結束前回到公司。

由小到大，我久不久也會聽到這種讚美，或許你會疑惑，這不是很好嗎？常常被說外形好看不是會如沐春風嗎？但是，我可以很肯定的告訴你，不好，是一點也不好。因為我比任何人也清楚，所有的褒獎，所有的讚許背後，他們心底裏冒起的說話定必是：「看，怎麼這個男生的五官長得猶如一個女生似的？」

沒錯，過去成長的惆悵，就是這副教人竊竊私語的男生女相。

　　「喂，你好。」在走回公司的路上，我拿著電話說。

　　「你好，請問最近需要資金交還卡數嗎？我們有……」一把高亢的聲音連珠炮發說著。

　　「不用了，謝謝。」我決斷的回答，但他仍然死心不息的喋喋不休，因此，我惟有使出絕技來終止他的進攻：「真的不用了，我是做銀行的，我很清楚自己的需要。」我確定他已失去戰意後，再按捺不住的補充了一句：「還有，我是先生，不是小姐。」

　　因為自己的聲音，我很討厭說電話，甚至，我很討厭說話，或許是這個原因，即使雙耳發育完成，但我也漸漸再聽不到自己的心聲。

　　站在馬路邊，看到對岸的同事們也吃過午飯返回公司，幸好碰巧是紅燈，不然便要碰個正著再硬說一些沒有營養的對話。

　　還記得畢業後第一天上班，心內有很多的忐忑和不安，會擔心和同事相處不來，會擔心自己難以埋堆而感孤獨，會擔心

午膳時間沒有人陪伴自己外出吃飯……但來到數年後的今天，我方發現能夠一人用膳是多麼的寫意，而辦公室內的溝通真是可免則免。同事始終是同事，若然不想自身的事傳到整間公司也知，那麼在茶水間寒暄時，便不要提及關於自己的私人事。

有人喜歡捕風捉影，亦有人喜歡是非當人情，若然真心會換來被出賣的處境，這種表裏不一的問候真是心領。

「嗨，吃完飯了？」踏進升降機，還是不慎碰到同事們的身影。

「嗯，對，你們呢？」我也惟有奉陪地明知故問。

「我們也吃飽了。」女同事說。

「嗯，真好。」我看著升降機顯示器，祈求升降機今天可以運作得快一點。

「吃了甚麼啊？」女同事亦勉為其難的延續對話。

正當我打算回應，後方有一把聲音風趣的說：「街口開了一間新餐廳，招牌菜是紅棗雞煲，很養顏滋陰的，你應該試一試。」然後，我眼角看到另一位女同事用手肘撞了那位同事一下。

「哈哈，我只是吃了茶餐廳。」我回答，而升降機門也正好打開了：「嗯，我先回去工作了，再談。」

然後，即使我沒有回頭看，即使我嘗試把雙耳關掉功能，我也清晰地聽到他們控制不住的笑聲。這種譏笑聲，和我於中學時每一次進出班房所聽到的也是一模一樣的。

欺凌，對欺凌者而言，某些行為也不過是胡鬧一下，某些言語也不過是一場笑話；但對被欺凌的人而言，這些行為可以是畢生的風沙，這些言語可以是一世的瘡疤。

我有時會想，被欺凌過的人長大後，那些恨怨或許能漸漸放下，那些恐懼或許能漸漸淡化，但心底裏始終會有一道揮之不去的陰影，如過敏的警號般不斷給自己提醒：「別走這麼近，會受傷！」「別相信他人，會被騙！」「別喜歡自己，你不配！」如是者，被欺凌的人討厭欺凌他們的人，而漸漸他們也會欺凌自己，慢慢討厭自己的懦弱和自卑；而那些欺凌者長大後，他們可以若無其事，可以逍遙法外，可以前事不提的在新圈子中當一位表裏不一的偽好人，甚至某天當了孩子的父母，自己的子女也察覺不到他們曾是校園內惹人生厭的霸凌之徒。

欺凌不會局限於校園，當霸凌者的血液仍藏有這個基因，在家裏他們仍可用暴力欺壓家人，在公司他們仍可用言語令人

受屈。人大了，難道在公司被單打被排擠仍哭著到上司房內告狀？更何況，曾經在學校發聲時，也得不到老師的附和，**你說，縱容不公是誰人的錯？**

回到辦公桌，又要面對桌上不成正比的工作量。回覆電郵不是為了通知，而是為了有白紙黑字；回答客戶不是為了解難，而是為了安撫他們不要發難。

面對一些被動而又靜態的工作，自問自己算是勝任有餘的，但要主動地把投資產品推銷，再進取地為一班無知婦孺創造需要，誘導他們把儲蓄放在甚麼保險，甚麼基金，甚麼股票上，卻是我多年來也跨不過的關口。

「你看看，為甚麼這個月的業績又是這樣？」於經理房內，上司看著屏幕的數字，質問著我說。

「嗯，這陣子很多文件事務要處理，沒有太多時間走到前台找新客戶。」我勉強說出一個原因。

「笑話，你自己看一看出面。」上司指著他房間的玻璃，示意我看看外面的同事們說：「他們有誰是沒有文件要處理的？但他們至少有數字交差啊。」

「嗯……我再努力一點吧。」我低下頭勉為其難的說。

「唉，我也不想這樣說你的，但是⋯⋯」上司面有難色的說：「但是我看著你和我同期進來這公司，但現在的你⋯⋯唉⋯⋯我也不轉彎抹角了，你這幾個月的業績，連幾位比你新的同事也不如。」

我沒有回應，只是坐在這位跟我同年的上司面前不發一語。

「嗨，經理，我想問一問⋯⋯」一位男同事推門進來，然後一臉愕然的說：「噢，不好意思，不知道你們在傾談，我待會兒再進來吧。」說罷，男同事便關門離開，臨行前，他打量了一下我此刻的愁眉深鎖。

「你看，Gordon 剛畢業了兩年，比你遲入職，但他這個月已做了最高銷售員了。」上司搖著頭，再看著我說：「真的，我不是想訓斥你，只是⋯⋯只是大家同年入行，我也不想看到你的事業停滯不前。」

「嗯，明白了。」我說，再緩緩的站了起來說：「我嘗試主動一點吧。」然後，我便往經理房門前準備離開。

「嗨！」上司在我離開前，補充著說：「其實以你的臉龐，要騙那些少女少婦的錢並不困難呀。」

「嗯，或許是不難。」我慢慢的打開門，再拋下一句說：「但我做不到。」

若然自己可以少一點執意，少一點良知，大概這刻的我早已飛黃騰達得不止於此，有時，連我也想自己可以如那種人般自利自私。

於洗手間內，我用冷水潑向自己的臉稍作冷靜，再抬頭抽取抹手紙把臉上的水珠印乾。可以的話，誰不想乘風破浪的在汪洋上衝鋒陷陣？但職場中有著獨有的潛規矩，彷彿努力只是種捉錯用神的錯，要扶搖直上最重要的是看風使舵。

誰不想當永遠的前浪？但當後浪來勢洶洶，前浪亦只好退位讓路，或許自己一直的退避，是源自於心底長存的自卑。

我看著鏡中的自己，彷彿懦弱得連我也看不起。

「嗨，你還好嗎？」剛剛闖進了經理房的 Gordon 從廁格走了出來，一邊洗手，一邊跟我說：「剛剛不好意思，打擾了你們。」

「沒事，小意思。」我強顏歡笑的說，雙眼不由自主的盯著他手上戴著的名錶。

「這陣子，因為業績的事宜很大壓力嗎？」Gordon 從褲袋抽出手帕，抹著雙手問。

「嗯，一點點吧。」我從鏡下抽出紙巾，再靦腆的說：「但看到你的業績很好啊。」

「托賴吧。」Gordon 把手帕放回褲袋，再於鏡子前整理著領呔說：「你不要怪我多事，剛剛和經理寒喧了幾句，他也提起了你的情況。」

「怎麼了？」我的焦慮不由自主的湧現，再看著 Gordon 問：「他怎麼說？」

「不用擔心，他只是輕描淡寫的說你的銷售技巧比較保守，沒有怪責你，放心。」Gordon 從鏡子看著我掛起微笑說：「然後，我跟他說，我願意抽點時間和你分享一下我的銷售策略，希望可以幫你一把。」

「噢……那會不會有點麻煩到你？」我不好意思的說。

「怎會？大家同公司一場同事。」他回答：「可以幫的，便儘量幫吧，經理他也說好。」

「嗯……那麼……我也不推搪了，真的很謝謝你。」我心內的焦慮被一股暖流取代，這一刻，我發現後浪也不一定是種威脅，而自己，或許也可以逐漸放下疑慮，容許他人走進自己的心裏。

「不用客氣，我們遲陣子再約時間吧。」Gordon 再整理一下額上的一束髮絲，再對著我說：「那麼，準備下班了？」

「嗯，對。」我亦準備離開洗手間的說：「今夜約了舊同學聚會。」

「真好，到哪一區會面？」他問。

「回九龍那一邊。」我看一看手錶說：「所以也差不多要出發了。」

「那麼早？」Gordon 看似疑惑的問，然後便漸漸走到洗手間的門前，看似不經意的說：「吓，對，我一時忘記了。」

我一臉不解的看著 Gordon 的背影，沒有說話。

「我一時忘記了，你是整個銷售部裏，唯一仍會乘搭公共交通的男同事。」Gordon 緩緩的擰過頭來，再露出一副不屑的嘴臉說：「**別天真了，你以為我真的想幫你？我只是想在經理面前博取表現罷了。**」最後，他用口型向我說了一個極度羞辱的稱呼，然後，便帶著一抹恥笑聲離開洗手間。

這種笑聲很熟悉，因為整個中學階段也在我耳邊充斥；啊，還有，剛才午飯時段於升降機，我的身後也是冒起過這把完全一樣的笑聲。

關於欺凌，其實無須過分嘖嘖稱奇，常言道校園是社會的縮影，只因不同地方也會有這種弱肉強食的情景。

　　「老師！」男同學雙手濕透的說：「我已替他把書包從泳池裏撈起來了。」

　　「真是謝謝你。」老師接過那濕透了的書包，再遞給我說：「下次要小心一點了。」

　　「嗯。」我低下頭，悶悶不樂的說。

　　「還不快一點向同學道謝？」老師向著我說，我卻依然一聲不響的低著頭。

　　「不用了。」男同學搭著我的膊頭笑說：「幫助同學不是為了對方答謝的。」

　　「你真是懂事。」老師準備回到教員室說：「那麼你們也快點回家吧，明天見！」說罷，便回到教員室，剩餘我倆在走廊。

　　「那麼我也回家了。」男同學向我笑說。

　　「嗯。」我卻冷淡回應。

　　然後，他靠近了我的耳邊，口蜜腹劍的說：「若然，你再和我們對抗，下一次掉進泳池的，便不會只是你的書包了。」

我記得那一夜，我抱著全濕透了的書包回家，工作紙化了，銀包內的鈔票糊了，手提電話也浸壞了……我沒有辯護，只是默默的承受，父母把我痛罵了一頓，真好，剛好，那麼我便有大哭一場的原因了。

　　十八年後的今晚，我重回這個傷心地，濕掉了的回憶早已乾了，但仍未釋懷的傷口依然滲血，我圍繞著校園走到後門，期間看到了那個從未喜歡過的游泳池，我想起了那時的體育課，想起了那時的更衣室，想起老師的裝啞扮聾，想起同學們的竊竊嘲諷，然後，我彷彿看到了泳池裏飄浮著的書包，還有一顆飄浮著的土星，他美麗，卻又十分孤單。

Chapter Five

關於身分，關於情緒

人大了，怎麼感慨會比微笑多了？

　　生命的笑點和哭點原來會隨年月忽高忽低，時而笑得快慰，時而悲得流涕，但更多時是難以控制。**到底，是快樂不再容易了，還是自己變得複雜了？**

　　重看舊照片，竟然看到一張又一張陌生的臉。父母的面容老了，朋友的真摯不同了，曾經的親密不在身旁了，甚至，自己昔日的表情已陌生得難以模仿了。原來曾經的笑容是可以如此無添加，曾經的眼淚是可以如此直接。你納悶，你不解，彷彿今天的患得患失成為了情緒的新常態。

　　曾經的笑容，掛上時無須任何人的認同。
　　花開了，吃到甜了，貓兒撒嬌了，一班人盡興了，夕陽的光溫暖了……也可教你滿足得會心微笑。想笑便笑彷彿是那時候的特權，沒需要他人的允許，更不需要用笑容討好誰。原來臉上的某些曲線，過了便不會再重現。

　　今天的愁容，記載著生命裏的無奈種種。
　　重病了，父母老了，人生迷失了，被愛人背叛了，扭轉不到命運了……也可令你無奈得難以預料。在群體中竟會感到孤

單，在物慾裏竟會感到空虛，然後偶爾一人呆坐客廳，竟會無緣無故的想到落淚，原來這種愁緒叫作唏噓。

笑容少了，只因生活的重擔壓垮了活著的逍遙；
感慨多了，只因時間的沙漏倒數著所愛的分秒。

成長是，難以簡單地歡笑，卻會莫名地想哭，而這種矛盾的感覺，大概是因為我們要漸漸被迫學習面對失去。

說到底，誰不害怕失去？
當我們不斷向前走，走到了一個終於看到終點線的位置，那一刻，我們明白原來一切也始終會完結，愛與被愛也始終會銷聲匿跡，難怪凝望時會換來一對沾濕的眼睛。

親愛的，別待到限期前才意識到一切也有限期。
今天莫名的眼淚裏，可能包含著不同的成分，就好好的把它解讀，誠實的面對自己，再在僅有的時間裏活出屬於你的無悔燦爛。

然後，當真的要失去的一刻，至少，你可以笑中帶淚的說一句：「會不捨，但我沒有遺憾。」

成長是，難以簡單地歡笑，卻會莫名地想哭。

人大了，怎麼難過也留給自己了？

　　不是沒有關心自己的親朋，不是沒有願意聆聽的友人，只是漸漸習慣了獨自面對傷痕，把難過也留給自身。

　　良朋留意到你這陣子的不在狀態，便出於關心的問：「你可以嗎？」
　　你聽後，卻出於本能的回應：「我可以。」

　　這種謊言，彷彿隨著成長越來越常見。可能是因為曾經的經歷，令自己不再願意敞開心扉，跟別人分享自己的內心世界吧；漸漸地，我們變得越來越沉默，我們不再向別人承認自己的難過，我們甚至對感受失去知覺，再不懂得在生命中尋得快樂。

　　人人也存有難過，我的愁緒算得上是甚麼？
　　明明心中的鬱結已傳到口中，但當你聽到別人的難過好像比自己的更為難過時，可能是他面對生離死別了，她經歷重病絕症了，而世界的某一點有天災了，有戰亂了，有饑荒了……你便會把難過生吞，以免被斥不感恩。

人人也生活枯燥，我憑甚麼為人增添煩惱？

環顧四周，彷彿沒有人的生活是不存煩憂，大人有著大人的困難，小孩有著小孩的心煩；他要為父母子女奔波，她要為生活理想捱餓……既然有些話說出口會為人徒添負擔，不如絕口不提來獨自承擔。

人大了，很多難過也寧願留給自己了，但親愛的你又有否想過，長年累月也把難過收於心裏，其實多堅強的人也會累，多勇悍的人也會心力交瘁。

面對現實難以理喻的天意弄人，你說了一聲「我可以」；
面對關係患得患失的散聚別離，你說了一聲「我可以」；
面對每次快將塌下的崩潰邊緣，你說了一聲「我可以」。

然後，在這個輾轉反側的夜晚，你躺在床上察覺到窗外有天，天上有星，星下有人，人間有愛。你想起了還有人愛惜自己，亦想起了從前那個悲喜分明的自己。

你緩緩的張開了眼，就在淚水落下的一剎，你默默有詞的說了一聲：「**我可以……尋求幫助；我也可以抒發難過。**」

難過別獨自面對，張眼一刻，對望的眼神便是伴隨；

難過即管說出口，聲張一刻，寂寞的心靈已被挽救。

成長是，明白很多難過其實也不需要一個人面對。

原來做大人是這麼不容易的

人大了，怎麼連哭也不懂得了？

倘若連自然流露的情緒也要分勝負，這樣的人生也未免過得太痛苦。

過了糟糕的一天，三個月，甚至數年，生活混亂得連自己也不想承認，更沒有勇氣對心內的自己坦誠。或許已到了懶得解釋的年紀，旁人問句你好嗎，為了省卻麻煩和時間，你也會擠出笑容的說一句「我很好，我沒事，我很快樂」。久而久之，越說快樂心越墮落，越說開心笑越難尋。**或許要自救，就先要承認此刻的難受。**

不管是甚麼角色身分，難過也無須申請批文。

單身的人，就業的人，穿著校服的人，已為父母的人⋯⋯也可以有你難過的原因，只因情緒公平得很，從不會理會你是何身分。放心吧，到了一百歲你仍會難過，但不要緊，它不過是生命裏的其中一課，也是你重獲快樂的一種經過。

不管是甚麼性別性格，我們也有流淚的資格。

都來到甚麼時代了，還強調誰應該哭誰不應，這種性別定型，其實是對情緒的不敬。淚水無色，我們又何必把它看得

有色？需要時即管大哭一場，哪怕旁人不明，至少自己哭得舒暢，哭夠了後重新堅強，也是一種成長。

不管是甚麼地位年紀，需要傾訴也無用逃避。

傾訴不是青春期的專利，即使長大後到了某種年紀，你依然是你，倘若有些情緒需要梳理，找人大吐苦水也是你值得的權利。生活未免有太多的不順境，你若肯說總有人願聽，需要便開口無須難為情。

當難過由內而生，逃至天涯海角也始終不會快樂；
當不快需要處理，刻意逃避只會把痛苦無限延期。
當長期被迫高漲積極的情緒回歸平靜，反而更能喚醒生活的知覺。

親愛的，有時候就乾脆一點承認自己不快樂吧！

承認的一刻天不會掉下來，但長期強裝沒事的武裝終於可以鬆綁下來。肩膀輕了，心也軟化了，原來難過也沒有甚麼大不了，至少，靜下來的自己能再次感受此刻無價的心跳。

偶爾不快，何須見怪？

壞情緒承認了也不過是位需要被關注的小孩，就誠實點擁他入懷，就耐心點給他開解⋯⋯然後你會發現：

做人要愉快，原來先要學懂接受不快。

　　成長是，學習心內的小孩，讓他告訴你難過時可以盡情不快。

人大了，怎麼很多苦水也欲言又止了？

有些情緒難以啟齒，但收於心裏卻又不容忽視，到底由何時開始，我們會變得封閉如此？

「嗨，這陣子有些難過，你可以⋯⋯」還未把短訊完成，你已刪除整段文字，再躺在床上閉上眼地若有所思。明明知道自己有抒發的需要，但就是不敢向任何人作出打擾，漸漸地，你的表面完好無缺得不接受丁點的難過，但寂寞時候也會想有人陪伴度過，沉默時也會想念暢所欲言的當初。

關於未來前景的難過，其實大家也在迷霧中飄泊。

工作不順，前景迷途，如何往前跑也是原地踏步，怎也到不到理想的康莊大道。還未說到重點，原來大家也有著類似的煩惱，彷彿再說下去只會看似不夠成熟。**當大家也在面對成長的傷損，試問自己又有甚麼好抱怨？**

關於情感關係的難過，彷彿比較之下不值說太多。

失戀後的你天空也塌下來了，但當你發現他患上重病了，她三餐一宿也成問題了，他的母親需要深切治療了，她的兒子還未懂說話了⋯⋯你方發現愛情以外還有更大的天空，亦發覺

當下的難過即使深刻，卻頓時不值一提，害怕被人說你大做小題。

關於生老病死的難過，會否令聽者憶起心內悽楚？

關於生與死的痛，可以沉重得把人拉進深海不斷沉淪。面對最愛的失去，沒有人會是真正的英勇，但找人傾訴又會令人難以回覆，甚至會令對方一同淚湧。難怪面對離別，多悲哀也要節哀，多難以面對也要學習順變。

難過的人為對方難過，卻不懂得訴說自己的難過，好比是善良的你總是為人設想，卻忘記了照料自己的內傷。

人越大，可能是麻木了，可能是自尊心作祟了，可能是不想打擾親朋好友了，可能是覺得自己的煩惱不重要了……我們也彷彿越難向別人承認自身的難過。

但親愛的，別忘記，你和你的難過也是獨一無二的，當中亦不存在比較的需要。說出口不一定會把困難解決，但把苦水吐清了才有空間接納人間的溫暖。

天空不會永久放晴，入黑才可看到晚星。
要重拾好心情，就請你容許自己說聲承認。

成長是，更能看清身邊能夠共患難的人。

人大了，怎麼背上會如此多責任了？

人生充斥疲累，是否因為擔起了太多不屬於自己的負累？

旁人愛說的「能力越大，責任越大」，美其名是給你的一聲開解，實際是把你肩上的壓力倍大，再一步一步把你的身心瓦解。被壓垮在地上之際，纏繞著你良久的責任依舊揮之不去，你發現每種責任也附上一個標籤，但標籤上卻沒有寫上你的名字。

你問，今天的心累透支，到底是因為旁人的自私，還是自己的心軟所導致？

別人的爭執，你沒有責任把殘局收拾。

家人於餐桌掀起罵戰，朋友於網絡互相抨擊，同事於公司互相角力……然後，當大家的眼神轉移給你，你便彷彿沒有選擇的餘地，要擔當和事佬的身分被迫參與處理。手掌手背也是肉，大概每位中間人也有著幫與不幫的矛盾。

別人的情緒，你沒有責任替對方流淚。

身邊的人難過了，你便跟隨他們的情緒一起難過，想盡辦法希望他們能重拾笑臉，甚至給自己的生活帶來困擾。表示明白，傳達同理，並不代表要沉淪於痛悲，擁抱他人同時保持一寸距離，也是助人者的一種自理。

別人的不逮，你沒有責任把標準降低。

若然只有最高能力的人才需要做事，那麼這個世界很多人也會無所事事。不同崗位，我們也有不同的責任和分工，一句「能者多勞」，其實是對能者的一種殘酷。無須要降低標準來迎合他人，卻需要認清責任來適時抽身。

不是說要當一個只顧自己，一切也劃清界線的人，只是每每也把自己的聲音縮小，每每也忽略自己的需要，時間久了，旁人被你助長了，而你也只會被自己耗盡了。

親愛的，你的人生到底背負了多少不屬於自己的責任？

別人用自私令你感到自私，但懂得拒絕不屬於自己的事，再把責任還給對方的面前，卻是一種成長的睿智。

幫助別人分擔責任是仁慈，但在自己不勝負荷的情況下依然把責任揹上，卻是對自己的自私。

畢竟每人也有自己的人生，為自己著想一下其實不算過分。

成長是，懂得區分自己和他人的責任，讓界線阻擋額外壓力的入侵。

　　　原來做大人是這麼不容易的

你問，今天的心累透支，
到底是因為旁人的自私，
還是自己的心軟所導致？

木 星

木星，是離太陽排名第五的行星。

貴為太陽系中面積最大的行星，木星有著一種眾目睽睽的突出性，即使在地球上用肉眼觀察，偶爾也可以看到它閃閃生光的蹤影。或許木星並沒有土星般擁有獨有光環，但它表面條紋狀雲層的色彩斑斕，也總會引來他人的注目而離不開雙眼。看到這裏，或許你也會想擁有它，接觸它，或是登陸於它的表層再近距離觀摩它的紅橙青白……但是，這並不可能，只因整個木星也是主要由氫氣和氦氣組成，並沒有如地球般實在的固態表層，因此，若然你踏足木星，便有可能會直接墮進它的核心。

看似龐大，卻又有形無實，或許外剛內柔便是這最大行星的命運。

　　「那麼你告訴我，下星期五是否可以？」電話內的女聲咄咄逼人的說。

　　「我⋯⋯我還未知道。」而我，只好模糊的回答。

　　「甚麼不知道？要不就是可以，要不就是不可以，有這麼困難嗎？這樣吧，下班後我來找你，我們三口六面說清楚。」女聲步步進迫著。

「嗯⋯⋯今夜我不行，我有約了。」我像被迫往崖邊說：「你再給我一點時間處理吧⋯⋯我要開會了，再說吧。」

「⋯⋯又是這樣，你喜歡吧。」女聲帶著晦氣的結束對話：「有時候我覺得，我還在跟一個小孩在拍拖。」

掛了電話，我便坐在辦公桌前嘆了一口氣，正當我以為可以稍作休息，電話的短訊便傳來了下一場對弈。

「期待下星期五你為我安排的生日飯！工作加油，愛你。」

我草草回覆了一個表情符號，便伏在桌上納悶這段時間的左右為難，以及惘悵著關係間的進退兩難。

人生很多局面也是自己一手造成的，奈何人的本性就是貪婪而又愛自欺，總想得一想二，總想兩全其美，總以為自己善於時間管理，總以為問題不理不理便會煙滅灰飛。

或許很多結局的一敗塗地，也是歸咎於過程中的一再逃避。

兩個女人，兩個都愛，兩個也不想傷害，但無奈我只得一個，倘若於重要日子未懂分身術，我也只好接受其中一方會不滿呷醋。

常說「愛」不應該是佔有，但感受著她與她一軟一硬的向我招手，要向左還是向右走，大概此刻的我仍未夠道行參透。

噢，不好意思，可能你誤會了。我沒那麼花心，兩位女人，一位是我的女朋友，而另一位是我的母親，只是碰巧她們的生日也在同一天發生，要當一位好兒子還是一位好情人，任何一個選擇也會令其中一人有所得失。

「嗨，你看了電郵沒有？」女上司經過我的枱頭，敲一敲我的辦公桌說。

我連忙從伏著的姿勢坐了起來，再一臉茫然的說：「甚麼電郵？抱歉，我還未看。」

「是關於今早兩間前來投標的公司，我們要下決定再知會其他部門了。」上司翻揭著手上的文件說：「你呢？你今早也有一起聽匯報的，你認為哪一間公司的表現比較好？」

「嗯……你覺得呢？」我支吾其詞的回答。

上司停止了閱讀文件的動作，再看著我說：「我是在詢問你的意見，我問你你又反問我，這有甚麼意思？」

「嗯……這個嘛，其實各也有各的優勢，嗯……」我不自在的打開著電子郵件說：「我也不知道該如何選擇。」

「唉，算了算了，不用你選擇了。你綜合一下雙方的優劣回覆那個電郵好了。」上司不勝其煩的說。

「嗯，明白。」我回答。

「就這樣吧，麻煩你了。」上司準備離開我的座位，臨行前再丟低一句說：「你不再是新入職的員工了，是時候懂得承擔責任，是時候長大的了。」然後，便拍一拍我的肩膊，把一份沉重加諸在我的雙肩上。

下午三時半，距離下班還有不多不少的九十分鐘，我便一如以往的把桌上困擾著我的公私事擱置，再走到茶水間倒杯咖啡，盼望咖啡因能給我一點提示，令我在如此左右為難的困境中仍可保持理智。

我當初選擇當為公務員，其實也是母親的建議，她不想我工作得太辛苦，亦不忍我加班而食無定時，所以便替我於畢業後報考不同的考試，再順理成章地來到了今天這穩定的工作位置。本以為這工種並不需要我下甚麼決定，只是按章辦事便可，怎料升職到某個級別，我仍是要作決策，仍是要在芸芸項目中作出選擇。

選擇，大概是我這一輩子最大的懼怕。

由小至大，不管是籃球還是足球，補習班還是興趣班，原校直升還是海外升學，文科還是理科，夏令營還是交流團，主修還是副修，進修還是工作，以至表白還是沉默……我也不懂得如何堅決做選擇。

　　雖說是家中的長子，旗下還有兩位妹妹，但卻從沒有大哥的風範。我想當中令我卻步的原因，是害怕做錯決定會浪費時間，會錯失良機，會落後別人，會令人失望，而當中最害怕會令其失望的眼光，大概便是我的母親。

　　母親常常跟我說：「三個孩子中你排行最大，要懂性，要聽話，要樹立一個好榜樣給妹妹，不要辜負我的厚望。」

　　因此，生命中很多的決策我也交由她來處理，反正她決定的也會是對我好的，我也無須再因為害怕選擇錯誤，而令自己終日後悔回顧。

　　本來，一直也是安然無恙的，但隨著於職場踏上更高的階梯，隨著我與女友踏進更穩定的階段，我開始發現自己完全不懂得作決定。想更上一層樓嗎？我不知道。想成家立室嗎？我不知道。旁邊不斷催婚的那位是自己想廝守終身的人嗎？我……我也不太知道。

然後，我漸漸明白了，原來大半生所謂的選擇，也是母親一手主導的被選擇。原來一直以來我也不知道自己想要些甚麼，背後原因是因為我從來也沒有為自己選擇過甚麼。

在母親面前我是一位兒子，但原來生命有不同的角色要重視，數十年來也活於母親的影子，難怪自己在上司情人面前仍是一個不懂長大的孩兒。

把熱咖啡喝光後，我便嘗試集中精神，分析一下今早兩間公司的利弊，再把整合好的資料以電郵傳給上司。當把雙方的優缺列出，好與壞其實也高下立見，可惜人事非公事，哪怕我能列出母親和女友的長短，也不代表能夠二選其一般灑脫，只要建立過感情，一方展露歡顏，另一方的落寞仍會在你的自責處彌漫。

孝道與浪漫，試問應該如何揀？

四時五十分，這下班前倒數著的十分鐘過得異常的緩慢，這種感覺似曾相識，對了，和當年靜待著下課的感覺是一模一樣的。相信不單是這種對下課的期盼，我那時和現在的優柔寡斷也是不遑多讓吧。

還記得那時候的我，總是被同學和老師們說我沒有主見的。甚至那夜在天台討論著大家最討厭的科目，我也害怕得失

他人，便隨隨便便的混了過去。嗯，這樣便十八年了，不知道他們又過得如何呢？不知道，他們沒有變的有多少，變到面目全非的又有多少？

「嘟。」付款踏上前往母校的過海巴士，我走到上層的後方坐下，揮之不去的疲倦配上此起彼落的搖晃，哪個上班族不會瞬間墮進逃離現實的夢鄉？

搖呀搖，我彷彿回到了溫暖的母體內；

搖呀搖，我彷彿夢到了童年的客廳中。

「媽媽，生日快樂！」我雙手奉上插了蠟燭的紙包蛋糕說。

「乖孩子。」母親接過蛋糕，再在我的額上親了一下。

「許願吧！你有三個願望！」我興奮的說。

「這麼多嗎？好吧。」母親看著燭光說：「第一個願望是你快高長大，做一個懂得承擔的哥哥。」

「第二個呢？」我問。

「第二個願望是，」母親微笑著說：「希望未來每一年的生日，也有你陪媽媽度過。」

「一定會的。」我說：「那麼，最後一個願望呢？」

巴士停下來了，我也連忙扎醒了，我匆忙的奔往下層離開車廂，再暗盼夢中那點燭光一直點燃，不被吹熄。

步往母校的路上，我腦海中點燃著的仍是下星期五的兩枝燭光。選擇了女友，又會對母親感到愧疚；選擇了母親，又會對女友感到殘忍，彷彿哪一個選擇也不能夠令雙方感到快樂，但更諷刺的是，彷彿哪一個選擇也不能夠令自己感到快樂。同時面對兩位深愛的人，要把愛如何劃分，要於當中如何平衡，相信是要鑽研一輩子的學問。

站在後門面前，事隔多年，彷彿一切也縮小了，還記得當時的我碰不到上方的門邊，但今天伸手便可輕易觸到了。但是，為何，人看似長高了，但內心依然是空空如也的？閱歷看似增厚了，但感覺依然是難以依靠的？木星啊木星，不管你在宇宙裏是多大多闊，但一觸碰也始終是虛有其表，木星啊木星，你的心放了在哪方？你的內在真正需要的是甚麼？

「那麼，最後一個願望呢？」我說。

「嗯⋯⋯媽媽最後的一個願望是，」母親擁著我說：「希望你以後也能如此聽話。」

「聽話？」我不解的問：「怎樣才算是聽話？」

「傻孩子，很容易的，顧名思義，」母親溫柔的看著

　　　　原來做大人是這麼不容易的

我說：「聽話，即是聽媽媽的話。」

Chapter Six

關於親密，關於孤獨

人大了，怎麼有些面孔會教人患得患失了？

失去了，或多或少也會感到消極，但停下來回顧曾經的點滴，能令彼此成長的也是這場相遇的價值。

那顆種子於碰面的一刻埋下伏線，緣分令關係發芽，經歷令親暱扎根，你們是你們最合適的滋養，彼此看著對方長大，盛開，再茁壯。正當你以為一切安好，美滿得可以開花結果之際，天空忽然降下了一抹雪花，微溫冷卻了，花瓣飄落了，他要離開了，而你們，便正式告一段落了。

就這樣地，風一吹，大家便失散於人海裏；
就這樣地，拭去淚，你懷著傷口學習如何面對。

失去時會苦，但苦過後的回甘仍值得回味。
當離別的苦澀漸漸流走，當雙眼的悲憤漸漸散開，大概每段親密過的關係也會有當中的快樂和甜蜜。提取哪些味道來回味是一種選擇，長期吃苦也需要一點甜來平衡味蕾。某些面孔留不低，但回憶卻留下了最誠實和溫暖的關係。

失去時會痛，但痛醒後的堅壯乃一種成長。

沒有人天生便懂得面對失去的，鬆手時會痛，會傷，會恨，會叫苦連天，會封閉自困，甚至會不敢再相信別人……其實是人之常情，也是每個人默默學習中的人生課題。因愛而生的傷口，願你用愛為它善後，某天的你變得更堅強，只因過去的你曾經受傷。

不是每一場離別也定必是血肉模糊的，有些再見可以是雪落無聲的，可以是淚中帶笑的，可以是不負曾經的……原來完結也不一定是悲劇收場，懂得感激也是一種無悔遇上。

有些關係，大概就是做來為彼此的某個階段作修煉，作預演，作未來幸福的籌備，作未來更懂珍惜的領悟；而這些關係，擦肩而過後彼此有所成長已很足夠，已算是另一種擁有。

有些花盛放了會稍縱即逝地蕭條，有些果成熟了會落於泥土腐爛掉，別忘記，失去只是短暫的過程，養分的回饋和循環才是生命的收成。

關係的告終並沒有甚麼可惜不可惜，生命樹始終隨年輪生生不息，幼苗在泥濘中稍稍繁殖……

感受此刻的生命，原來每段關係也有遇上的價值。

成長是，感激過去的滋養，感激當下的成長。

人大了，怎麼會忽然想起離開的人了？

　　一個人來到這個世界，也終究會一個人離開，而過程中的人來人往，看似不能永遠擁有，但其實一直伴隨自己的左右。

　　若然成長前的人生是學習擁有的，那麼成長後要學習的便是失去。或許，有時候你也會感到很氣餒吧？曾經多麼親近的人，不管說了多少承諾，不管創過多少回憶，但當時代巨輪輾過，當時代洪流淹沒，一切的美好也會化為烏有。

　　看著夜空，寂寞的感覺又來了，你凝著淚水，憶起過去，再問：「你們到底去了哪裏？」

　　逝去的親人，其實在每秒中觀察著你整趟人生。
　　自你誕生的那天起，他們已在默默的守護你，難怪當他們離開時，你會如此的失足倒地。肉身離開了並不代表連結消失了，你的名字、心跳、生命也是他們給你的最好禮物，孤獨時閉上雙眼，你便能看到他們的笑顏。

　　再見的戀人，其實在歷史中教導你如何再擁吻。

分手的一刻，大家也受傷，好比最貼近的東西忽然切割，投入過的人也總會感到痛楚。冷靜過後往歷史看，原來彼此也有學習的地方，某年某月你得到某位在旁，其實要感激那段痛醒的過往。

　　各散的好友，其實在記憶中等待你寂寞時回眸。

　　曾經的三五成群，經歷時代的變更，如今只剩餘自己孤身一人。不知道海外的他過得如何？不知道失聯的她是否平安？原來所有的回憶也是千真萬確，回想時能夠會心微笑，這段友誼已叫作值得了。

　　「各位……」你看著星空雙眼通紅的說：「我很想念你們。這一刻……這一刻的我很害怕，很孤獨……你們到底去了哪裏？」

　　一顆流星在漆黑中掠過，彷彿是離開了的人給你的一點附和，**其實，他們從來沒有離開過，卻在你的生命留下畢生的痕跡，再在你的心裏永遠停留，造就更好的你。**

　　原來，生命中的每一趟相遇也在互相影響，今天的你痛過後懂得療傷，傷過後懂得堅強，就是他們留給你的一種成長。

遺忘了才可叫作離棄，放於心內的卻是不離不棄。

親愛的，別忘記，離開了的人其實只是用了另一種方式陪伴著你，願你為他們勇敢的走到最尾。

成長是，把離開了的人放在心中，再把帶有遺憾的愁緒一切隨風。

人大了，怎麼回家的路不同了？

曾經的自己總是害怕獨處，但經歷過成長不同的無奈與傷損，方發覺獨處也是一種療癒。

天黑了，終於可以回家了。不管你在工作上是如何全力以赴，在社交上是如何積極樂觀，此刻沒有了誰在身旁，你終於可以讓情感自然流露，無須刻意歡笑，不用額外進取，只需要投入於自己的伴隨，讓這段獨處時光成為一天完結前的生活所需。

聽一首喜歡的歌，讓曲詞承載你的快樂難過。

有些音樂總是在一人回家的路上聽才分外有感覺，戴上耳機，與世隔絕，彷彿歌者用著自身的故事來安慰你這陣子生命中的不容易。有些旋律令你痛快，有些歌詞令你釋懷，踏於冰冷的長街，慶幸總有歌曲讓人依賴。

回一個未覆的訊息，關係的得失也存有價值。

有些誤解想解釋清楚，有些感激想由衷道謝，有些膠著的狀態想一刀兩斷……統統也可趁這段時間說個清楚，還個明白。把心底話誠實掏出，再懷著勇氣按下寄送，不管未來如何，也至少給了自己一個有始有終的結果。

想一下此刻的人生，給努力的自己一抹柔吻。

這陣子的你彷彿又冷落了自己，又或是無視了身體的呼叫了嗎？沒有咀嚼和消化便把日子吞下，難怪腸胃會用痛楚來反問你別來無恙。過去是歷史，未來是未知，唯獨當下的你值得你在意。

抬頭有街燈，身影伴著你回望一整日的艱辛與確幸；
放眼是月光，陰晴圓缺在提醒你高與低也是種經過。

回到家中，你便要自然的擔起慣性的角色，可能是疲勞過度的父母，可能是長期壓抑的子女，可能是逃避問題的情人……但在那獨自回家的路上，你不再需要扮演誰，忍讓誰，討好誰……**你就是你，你就是那位需要被自己伴隨的你。**

成長是，會學懂享受獨自回家的那段路，只因生命中有太多的愁緒難以宣告，亦有太多的角色需要演好，唯獨這條路，能讓你放慢自己的腳步，再用寧靜給自己一個久違的擁抱。

站於門前，拿出鎖匙，你會發現：
原來有些心鎖就只有自己才懂開解和正視。

成長是，懂得自己處理自己的問題，亦懂得自己給予自己需要的安慰。

人大了，怎麼喜歡上看海了？

　　海洋大概有著它獨有的魔力，看著它能叫時間暫停，聽著它能把心房看清。你呢？你又有多久沒有看著海景，傾聽自己的心聲？

　　曾幾何時，大概還是那個喜怒仍會形於色的年紀，面對傷悲，總是要呼天搶地，總是要身邊的人把關注留給自己。青春的河流到滄桑的海，你長大了，你成熟了，旅程令你對世界多了一分感慨，經歷令你對關係多了一份無奈，而心裏即使充斥難過，也不會再如以往般抒發出來。

　　然後，你愛上了海洋，愛上了在海邊獨自療傷。

　　把愁緒拋給海，海的回聲藏滿著感慨。
　　彷彿人到了某一個階段，也會有那個階段送贈給自己的難題和心酸。傷害自己的人、工作時的委屈、親密關係的愛恨……既然無路可避，不如就留給大海作處理。心聲，哭聲，說不出聲，大海始終用溫柔作回應。

把思念拋給海，流下的眼淚充斥著愛。

海洋滿載著世人的情感，結伴同行流過的汗、因愛爭執滴過的淚、工作加班留下的湯……統統的回憶也蒸發了於天空結聚，再化成雨水落進海裏。凝望海時心會痛，心痛時會眼淚洶湧，只因這片海記載了某張揮之不去的面孔。

獨個看海的你無須伴隨，只因生命中有些淚，需要自己一個人消化面對。

坐在海邊的你忘了時間，只因成長中有些難，需要偶爾放空才有力支撐。

懂性的你也未免太懂得善解人意，害怕親朋好友擔心，便索性擠出歡笑裝開心，然後，便把最寂寞的難過埋藏在內心的海洋，入夜了才一個人暢遊，拒絕了世界給你的問候，擔心他們會因你而感到難受。

喜歡看海的你，大概也有著說不出口的傷悲。或許不明白的人會覺得你只是在逃避，但大海始終容納你難以言喻的痛悲，海風吹開你的愁眉，浪聲細語你要愛惜自己。

親愛的，就把難過拋給大海，把心敞開，靜待勇氣的歸來。

原來做大人是這麼不容易的

倘若此刻的你仍在看海，但願他朝的你終能看開。

成長是，會獨自到岸邊看海，讓海風輕撫心中的傷害。

人大了，怎麼不敢再相信別人了？

有些東西一旦失去了，並不可能按一個鍵，睡一個覺，說一個笑，流一次淚⋯⋯便可尋獲，只因那東西是最叫人患得患失的「信任」。

由初生到第 18 個月，我們其實已在處理第一個成長任務──信任。不管從父母懷中所得的信任是否足夠，我們也需被迫成長，再面對生命中一次又一次關乎相信與不相信的矛盾。某某給了你一些，某某又奪走了你一些，在得與失的循環裏，試問哪位堅持信念的人不覺累？

因為某些人，我們失去了信任。

把全片真心毫無保留的拋出去，誰可料到換來的竟是連夜的眼淚，還有揮之不去的恐懼？知己的反目，情人的瞞騙，家人的出賣，世界的一反常態⋯⋯已教心內的信任所剩無幾。原來信任有限期，亦珍貴得價值不菲。

因為某些人，我們重獲了信任。

本以為自己已狠下心腸，不再愛了，不再相信了，不再把

心敞開了，但偏偏在你最脆弱時，竟然遇上能令你願意再次相信的人。雖然仍然小心翼翼，但卻令你重拾信任的能力。原來所謂的戒心，是因為曾經傷得太深。

曾以為，相信一個人可以吹灰不費，但經歷過那次重擊後的力竭聲嘶，才明白信任是如此的昂貴。

原來把自己敏感的內心從此禁閉，是傷過後的最大後遺。

成長是，失去信任後要學懂重新相信，過程從來也不容易，但困難更值嘗試，只因生命中有些幸福只可從信任裏提煉，有些美好只能從相信中呈現。

誰沒有令人難堪的過去？誰沒經歷過刻骨的心碎？
但過去始終是過去，別讓曾經的痛楚定義你未來的際遇，每場相遇也是獨特又獨立的，即使曾被欺騙並不等於會再被出賣，願你記緊，願你相信。

原來歷史會否重演，就且看自己能否把劇本改編。
抹去淚水，告別恐懼，其實只需要你的一聲允許。

成長是，失去信任後要學懂重新相信。

海王星

海王星，是離太陽排名第八，亦是最遠的行星。

在海王星被命名之前，其實它只被稱作為「天王星外的行星」，沒名沒分，就只有這寄人籬下的身分。其後，兜兜轉轉了很多年，不同國家的天文學家也把這行星冠上不同的名字，又反反覆覆了很多年，終於來到了 1846 年的年末，這顆行星終於有了屬於自己的名字——海王星。

或許是因為坐落於八大行星圈的邊緣，又或是好一段時間也被世人改名換姓，海王星擁有著太陽系中最暴烈的風，而它的溫度，亦是八大行星中較為寒冷的一位。孤高，冰冷，寒風凜冽，誰又會明白海王星心內的冰封三尺？

脫下絲絨的眼罩，拔掉隔音的耳塞，再把完全遮光的窗簾布拉開，於清醒與朦朧之間，腦海中仍飄浮著夢鄉的殘影，夢中的輪廓有些面善，但不要緊，反正也不重要了。然後坐於床邊回過神來，慵懶地伸著懶腰回到現在，彷彿有一種「怎麼不以為意便來到此刻，原來自己也不再年輕」的感覺。

　　光從窗框打進睡房，我打開房門逆光而行步出客廳，靜悄悄的，沒動靜的，就這樣地展開我不用上班的一天。

　　本以為自己會修讀和語言相關的科目，怎料公開試成績未如理想，最後便紅著淚眼接受了工商管理的獲派。人生路或許不至於平坦，但至少是順理成章吧，我沿著這條路順利畢業，

投身了化妝品牌的市場營銷工作，一做便做了十多年，我也由當年那穿著平底鞋的新鮮人，按部就班地換上高跟鞋再成為今天的半熟高層。

我們這一行，長時間也在加班和週末出活動之間擠出笑容，所以也累積了如同數字遊戲般的補假時數，說它為數字遊戲，只因大家也默認根本不可能申請如此多的休假，即使不滿，也只可接受。因此，工作量容許的話，我也會久不久請一天假來陪伴自己，**畢竟工作也不過是為了生活所需，我才是我的終身伴隨。**

我用頭箍把頭髮固定好，便開始我的假日護膚程序。

有機的潔面皂、富有維他命 C 的爽膚水、緊緻精華、骨膠原面膜、蘊藏深海元素的眼霜，再用導入器把營養打進肌底。還記得二字出頭的自己曾誇口無須保養，但今天的護膚品已由抗油脂進化至抗衰老。曾經的我想快些長大，今天的我只想逆轉老態，或許年歲和我的補假也同樣是數字遊戲，累積容易接受難，人到中年誰不想時針會為自己逐漸減慢？

「嘟」，按下按鍵，連接了藍牙擴音機，客廳便充滿著久違了的人聲和節奏。

獨居的女生最自在，可以放肆播放不敢讓別人知道的歌單，可以裝作巨星拿起遙控器作咪高峰高歌一曲，甚至可以唱得投入哽咽了也不被察覺。每個時代的情歌也記載著那一代人的經過，我也彷彿到了認為新歌不及舊曲的年紀，總覺得新音樂沒有了舊旋律的韻味，又或者，我懷念的不是那個時代的風光旖旎，而是那位敢愛敢恨敢再愛的自己。

　　獨居的女生最能幹，在剛剛貼上骨膠原面膜後的空檔，我已把累積了數天的衣物投進洗衣機，再把昨晚清潔好的碗碟確保乾透後分門別類放回櫥櫃。導入機停下的一刻，也是洗衣機靜下的一剎，把衣物晾好，廚房內也會正好傳出司康餅的香氣，一口咖啡一口餅，咀嚼的期間已足以讓我處理好餐桌上堆積良久的信件，要繳費的貼在雪櫃門上，其他的，撕碎了便可拿去回收箱，把最後的一口咖啡喝下，在咖啡因上腦之前，我也會思考如此獨立的自己是好是壞，幸而濃縮咖啡教人清醒，我也很快打消了那些庸人自擾的迷思。

　　有時候啊，獨立的人不是真的想獨立，他們只是沒有旁人可依靠。

　　「都猜到你會遲到的了，沒問題，我們遲一小時見面吧，待會兒見。」我把語音短訊傳出，再暗喜忽然有額外的一小時可善待一下自己。

獨居的女生最有彈性，把瑜伽蓆攤開，再把身體緩緩伸展，吸氣，呼氣，再放鬆，樹式三角式下犬式可說是駕輕就熟，橋式平板式幻椅式熱身過後便可做到，但注重平衡的頭倒立始終未能駕馭。自從上一次在導師陪同下挑戰而弄傷後，彷彿自己一直也克服不了這個陰影，哪怕導師說了多少遍相信自己，但始終也是知易行難。那又是的，面對陰影，誰又能真的可以如履平地？練習過後，躺於瑜伽蓆上大休息，再坐起來，心神也頓然舒曠了，和自己合十說聲「Namaste」，便準備裝扮外出赴約。

　　雙手合十，其實有著把心靈開啟和他人連結的意思。看來來到這個年紀要從容地把心房敞開，相信也和頭倒立般知易行難吧。

　　把五官塗添一抹淡妝，但眼線要畫得精緻一點方可令雙眸更顯神采；把身軀換上一襲閒服，但飾物要配得時尚一點方可令風格更顯品味。把代替我說話的香水輕灑於手腕上，嘶，嘶，今天的香氣彌漫著的問候語是「別來無恙」。

　　獨居的女生最謹慎，臨出門前確保窗戶關了，電燈熄了，爐火滅了，便可拿著門匙把大門鎖上了。即使偶爾忘了帶鎖匙其實也不要緊，後備鎖匙早已備份，而密碼鎖的設定是我的指紋，故此能夠進入這私密空間的，就只有我一人。

「小姐，你的香水很特別。」私家車的司機說。

「是嗎？謝謝你。」我禮貌的回應。

「小姐你真有品味，是甚麼牌子的？」他繼續說。

「我也忘記了。」我婉拒著說。

「嗯，明白。」他從倒後鏡看一看我，看到我閉目養神著，亦識趣的終止對話。

幸好今天不用上班，心情也比較愉悅，不然他的評分便只會剩餘三粒星。有時候，狀態已經不佳了，心情已經煩躁了，若然上車時仍碰上一位愛說東說西滔滔不絕的司機，除了於內心翻滾著白眼，便只好暗罵自己是日的運氣指數強差人意。

「到達了，小姐。」司機有禮的說。

「麻煩你了，謝謝。」我解開安全帶，再打開車門說。

「希望有機會再接載你，再見。」他從司機座位回過頭看著我說。

「嗯，再見。」我亦笑一笑禮貌地回應。

是有些多說話，但總算是點到即止，算吧，便給他五粒星做回禮。

運氣指數，五粒星⋯⋯怎麼會如此似曾相識？

「今早在便利店獲取的紙巾內，那張運程卡說我今天的運氣有五粒星，上面寫著『會看到發光而又美麗的東西』。」

一剎那，回憶如電光幻影般在我的腦海中掠過，那段回不去的青春，那份未兌現的承諾，那些擦肩而過的面孔⋯⋯這樣便十八年了，不知道，他們過得如何呢？不知道⋯⋯他過得如何呢？

他是誰？他叫作天王星，是一個多年來我也不願提及的名稱。到了某個年紀，相信大家心裏也會有一個久不久會想起，但又很少會向人提及的名字吧。

「嗨！這一邊啊！」我的朋友於露天茶座向我招手揚聲。

「很久不見了！」我上前和她輕輕擁抱說。

「不好意思，剛剛家中有些狀況，遲了出門口。」她帶點抱歉的說，再把餐牌遞給我。

「小意思，明白的。」我接過餐牌，打趣的說：「初為人母的頭幾年，很難可以準時赴約的了。」

彷彿到了某一個階段，身邊的女性朋友也會一窩蜂地於人生清單上急趕著打剔，彷彿這是雌性動物競技場的比拼。

某一年，每隔數天便能在社交平台上看到「他下跪了她掩面」的求婚活動；下一年，每隔數星期便要攜同人情見證著一對情人於台上高呼愛的宣言；再下一年，每隔數個月便會看到她刺穿氣球時的雀躍，她說著「歡迎來到這個世界」的感動，還有她上載她的兒子在未來結婚的成長片段中可以拿來當開場的第一張照片。然後，由那天開始，他們的生命便彷彿只會關注懷中的新生命。

「所以說，你還沒有結婚生子的打算嗎？」她把一口巴斯克蛋糕送進口中說。

「還沒有啊，這個階段一個人生活挺自在的。」我說。

「但你不覺得，生兒育女是女人的天性嗎？」她一邊抹著嘴，一邊問：「有個完整家庭，人生才算圓滿吧？你說對吧？」

「嗯……我只是覺得生與不生是一個選擇，沒甚麼對與不對就是了。」我拿起了咖啡杯說。

「我以前也是這樣認為，但自從有了小孩後，人生彷彿多了更多色彩。你看看！」她興奮地說，然後，便再一次掏出電

話，把她小孩的出浴照，初次上台合唱的片段，和那用拼貼手法弄成的母親節卡逐一和我分享。然後，當我第八次嘗試轉移話題想談談彼此，談談往事時，她又再一次把題目帶回「母子關係」，我的耐性也剛好耗盡，幸好餐廳有入座時限，不然我也不知道要多喝多少杯咖啡才可把笑容硬撐。

離開了露天茶座，趁還有些時間，我便徒步走到了海旁欣賞今天的日落。

日落與海，經過了無數的歲月連載，難怪如此懂得包容這個城市難以言喻的感慨。

是大家也變了，還是只有我自己不斷留戀以前？曾幾何時的青春少艾，今天也踏上了新的人生階段，亦拾起了新的身分，孕育著新的靈魂。我呢？工作算是值得自豪，薪金也算是能夠供養父母，但怎麼心內總有一個旁人問及會轉移話題，甚至連自己直視也會想逃避的缺口？

說白點，其實身邊偶爾也會出現追求者，甚至親友良朋也比我焦急，久不久也會替我推薦撮合。但是……或許我真的累了，我真的沒有力氣再從頭說一次自己的人生讓人認識，甚至我已經沒有能力把最真實的自己呈現於人前。對，身邊總有人說，不如降低一下要求？不如先開始試試看？不如主動一點結交朋友？我知，我統統都知，但我就是做不到，我不明白為何

要降價來交易愛，我不懂得瞞騙自己來堆砌愛。我只知道，不愛便不會受害，不期待便不會再讓失望連載，對⋯⋯**傷口仍未淡化，陰影仍在張牙，面對愛，其實我仍然感到害怕。**

夕陽被大海吞噬，晚霞壯麗亦高貴，隨著歲月流逝，原來自己仍有很多過去仍未放低。

帶著一些唏噓，一些念頭，以及一些念舊上了私家車，十四分鐘後，我便會回到那個令我嚐到愛的地方，或許⋯⋯也會碰上那位令我害怕愛的面容。窗外的燈箱色彩繽紛，但街頭卻冷清得寥寥無人，城市反映城市人，有多少風光者的內心早已因錯愛而失去了靈魂？

「小姐，到達了。」司機停下來說。

我回過神來，發現窗外已到達了自己的母校。

「真是湊巧了。」司機回過頭來說：「又是這抹香水味，又是我駕車接送你。」

「噢，不好意思，我現在才發覺。」我恍然的說。

「或許，也算是種緣分吧。」司機從銀包掏出了一張卡片說：「若然你願意的話，交一個朋友吧。」

「嗯，謝謝。」我禮貌的接過卡片說：「那麼，再見了。」

然後，我便步出了私家車，背著母校，再看著那位司機越駛越遠。我手執著卡片，背著的是過去，而眼前的便是自己的選擇。

我緩緩的走到後門的位置，按下「0-0-0-0」的密碼，如我所料，門鎖便這樣解開了，而在鎖頭發出「咔」的一聲的一剎，我也頓時驚覺：即使今天的我長大了，但其實有些過去有些枷鎖，原來這麼多年也從沒有改變過。

「我們……我們可以不分手嗎？」我苦苦哀求著。

「對不起……不是你的問題，只是……只是我們相差太遠了。」天王星吞吐的說。

「這樣有甚麼問題？由始至終我也沒有介意過……」我說。

「我……我做不到……」他說。

「我捨不得你，也捨不得布甸……為甚麼？為甚麼你要給我所有希望後，便突然間摧毀所有？」我問。

「對不起……真的是我的問題，再見。」他說。

「喂？喂？不要……不要這樣拋下我……不要……」

我於聽筒哀號著，然後，不久，便只剩餘訊號長鳴的音效作告別。

美麗動人的海王星，在如此高傲和冰冷之前，其實也有過一段滿腔熱燙的曾經。

獨居的女生自在、能幹、謹慎⋯⋯但同時亦寂寞得很，一人在家呆望天花，或許便會想起那段刻骨銘心的逝去年華。

渴望愛情卻又存有陰影，難怪海王星被命名前的別名，是叫作「天王星外的行星」。

Chapter Seven

關於停滯，關於啼噓

人大了，怎麼天冷時會想起某君了？

寒流襲港，那種因思念而衍生的冰寒，彷彿在提醒世人並沒有太多的地老天荒。

又來到了這個乾燥而又漸冷的季節，窗外的風開始張狂，吹落了黃葉，喚醒了思念，也令你想起那些若即若離的臉。衣櫃和腦海也藏著厚厚的回憶，添衣一刻，你想起了有些關心已不可再傳達，亦有些親厚的人，早已成為了生命的過客。

暫別人間的人，願陽光代我給予你柔吻。

沒有你在旁，這些年的冬季好像變得特別寒冷。仍然會想念，仍然會淚流，但多失意也會照顧好身子，因為這是我給你的最後諾言。還記得你離開時的身軀是多麼的冰冷，幸而天國的地址靠近陽光，此刻的你定必溫暖得祥和。

鬆開了手的人，願你的手心裏仍有餘溫。

不管是情人還是友好，各走各路後仍要獨自面對未來的旅途。共同纏繞過的頸巾，互相依偎的擁抱，一杯兩份分的熱飲……統統也成為了追憶，統統也成為了不再回暖的曾經。即使不再並肩，只願你回憶起時仍存有甜美一絲。

存有時差的人，寂寞和寒冷應如何區分？

對了，你那邊開始下雪了沒有？聽說融雪時會更加冷，你有否遵守當天在機場的話，保重好自己來抵禦世界的偏差？這個聖誕我們不能如以往般交換禮物了，這年的燈飾也彷彿沒有往年般璀璨了。沒有你在旁，聖誕樹也沒有結伴看般光。

童年時，總會有人提醒自己添衣保暖，聽多了竟會淪為一種厭倦；

長大了，那些關心自己的話逐漸減少，消失了才會浮現一絲懷念。

天氣涼了，又想起那些不再在身邊的人了，有些人會再見，但有些人再不可能碰見；冬季的試煉，就是考驗每一位嚐過離別的人如何在寒夜裏擁抱思念，再在明早如何抹掉淚水昂然踏前。

寒冬始終會過，但有些人離開了便不會再留於身旁，而面對過生離死別的人也難以完好如初。

就是因為生命不容易，我們才需要互相扶持。
禦寒除了添衣，其實及時問候也是一種送暖的心意。

成長是，學會一邊在回憶中取暖，一邊給著緊的人送上溫暖。

人大了，怎麼這麼多人也擦肩而過了？

當習慣淪為了習慣，當時間踏進了時限，原來有些面孔會無聲無息地煙消雲散，剩餘後知後覺的人恨錯難返。

天氣乍暖還寒，令人忽然有感而發地往過去張望，把印有不同名字的回憶錄翻開，才驚覺有太多人已成為了過客，有太多人以為會再聚卻不可能再見，亦有太多人即使想再抱已註定難以再碰面。記憶回南天，沾濕了雙眼，亦令念舊的人呼出滿載唏噓的慨嘆。

那些青春的人，若可再遇或可挨得更近。

只怪當時太年輕，未明白愛便率先把對方視為終身最愛。一起幻想過白頭到老，一起建築過美滿未來，但甜蜜始終不敵現實，分開一刻所有的虛構也化為烏有。**不管對象和時機是錯是對，現在的你倆已不在共對。**

那些成熟的人，各自奔往新的下半人生。

本以為各自為工作拚搏只是短暫的過程，本以為各自組織家庭只是暫時的疏遠，但原來當彼此有了新的身分和打算，

曾經多親暱的人也只會越走越遠。老朋友啊，哪怕今天不再聯絡，也祝福你下半人生滿足快樂。

那些蒼老的人，彌留之際才明白何謂親。

自誕生後你對世界充滿好奇，放眼張望更遠天地，當回過神來細看身後的老人，才不情願地留意到他們的蒼白和衰退。**在限期面前捉緊他們的手，方驚覺再多的陪伴原來也是不夠。**

怎麼了？怎麼了？不是在畢業時約好友誼萬歲嗎？不是在擁吻後談過山盟海誓嗎？不是在團年夜說過團團圓圓嗎？但為何成長後的我們要不斷經歷別離，亦要不斷承受失去的痛悲？

甚麼天荒地老，原來能一直相隨的人只是寥寥可數；
甚麼海枯石爛，原來某些承諾不會實現卻只能期盼。

或許，現實就是這麼的現實，我們由誕生一刻已有著自己的方向，偶爾的伴隨也不過是階段性的借暖，時間到了也始終要各走各路，沙漏停了也終究會擦肩而過。別說甚麼悔不當初，別問太多怎麼為何，只是生命有些關口只能夠靠自己獨自跨過。

人生的旅途，大概就是不斷的擦肩而過。

或許回想時會唏噓無奈，但某天把肩膀上的布帛揭開，原來埋藏的卻是滿載的愛；

　　原來，即使人離開了，但回憶也總會留下絲絲的愛。

　　成長是，明白沒有甚麼天長地久，只要過程中認真過便多於足夠。

人大了，怎麼生活越來越艱難了？

有時候生命糟糕起上來，真的會看不到深谷的盡頭，亦看不到遠方的白晝。

是上天高估了自己的承受能力，還是自己低估了蒼天的幽默感，怎麼以為自己已到達人生的谷底，但原來低處未算低，地心過後仍未到盡頭，彷彿垂墜感就是每天形影不離的感受？又一個被擊沉的晚上，你看著星光，卻看不到希望，你問：自己何時才能走出生命的迷惘？

工作失意了，健康轉差了，關係冷淡了，家人病重了，朋友失散了，前景不明了，愛人離開了，生命脆弱了。

不管是任何的一種情況出現，相信也是不容易，更何況，當幾件不如意事同時發生時，要積極面對其實又談何容易？

迷惘時，深呼吸，別讓情緒蠶食你的思緒。

思緒混亂的時候切勿亂作決定，深呼吸，靜下來再定下來，然後再讓理智重奪腦海的主導權。不管是用緊急程度排列

優先次序，還是用優劣好壞來作出選擇，最重要的不是聽從別人的指點，而是聽聽自己的需要。

絕望時，說出來，收於心底只會心力交瘁。

臨近崩潰時還笑說沒事，難怪爆破的一刻會流血不止。你可以憤怒，你可以驚惶失措，你可以難過，你可以無可奈何……不管是哪種情緒，統統也允許，統統也是你的基本所需，說出口已是一種面對。

慌亂時，找伴隨，你並不需要獨個兒面對。

活著，除了要接受自己的有限，也要學懂接受身旁人所給予的無限。提供協助好，集思廣益好，或只是單純陪伴在你身旁也好……當身邊有了依靠，倒下來也會有人把你扶起。人生漫長，何必一人獨自惆悵？

若然這一刻的你也面對著生命的不如意，就容許我向你送上一點力量，它會化成和暖的光給你擁抱，它會化成慈悲的海給予包容，它會化成溫柔的風吹往你耳邊說句：「你並不孤獨。」

人生很難，但不至於沒有辦法；
人生很苦，但不代表苦澀過後沒有甘甜的回顧。

每個人也背負著各自的不容易，若然在旅途上碰巧遇到彼此，一個簡單的微笑便是我們心領神會的關照。

　　人生真的很難，但至少我們可以互相支撐。

　　成長是，不斷面對問題，不斷解決問題，卻同時笑說一聲沒問題。

人大了，怎麼漸漸對甚麼也沒有感覺了？

說不上是愁眉苦臉，亦不算是眉開眼笑，好一陣子的情緒，就是處於這種不悲不喜的無感覺狀態。

有時候，真的會懷念以往那種愛恨分明，喜怒哀樂也不存灰色地帶的青蔥歲月。會很容易歡笑和滿足，亦很容易流淚和動怒，但統統也不要緊，至少所有表達也是直率又誠實的。回到現今，當我們成熟得拒絕童稚，怎麼所有情感也如空氣般不留痕跡，卻如頑石般不動聲色？

值得快樂的事情，內心也不存半點歡欣氣色。
可能是經歷多了，感受深了，而生活的新鮮感亦不斷下降了，令所有事情也只得到「還好吧」的這個評語。吃的看的玩的也統統失去了知覺，成就到手也未會舉杯慶賀，而群體後的獨處更感熱鬧後的寂寞。

值得難過的事情，麻木了便不再懂傳出哭聲。
當即使面對多難過多悲哀多傷痛，口中也習慣了說好，難怪淚腺會變得麻木，心碎了便自然不感心痛。難過總被污名

化，悲傷總會給責罵，難怪傷心人寧可把痛苦吞下，也不想接受這抒發後的標籤代價。

值得感動的事情，瞬間抽離只源於不敢承認。

於情感濃厚的場景表現克制，再想些事情來分散注意，即使有感言想說，感到鼻酸便會欲言又止，或許成長的代價，便是不自覺的拒絕肉麻。雙目交投卻又立即轉移，這種點到即止，大概是心裏有太多情緒不敢直視。

成長是，長期處於不難過又不快樂的狀態，嚐過的也是淡而無味的，看過的也是色彩模糊的，**到底是這個城市令人麻木，還是成長的本身教人不再動容？**

親愛的，若然你也偶爾踏進了這種狀態，不要緊的，就容許自己淡然一點的過日子，無須逼迫自己亢奮，不用刻意沉溺痛苦；別忘記，人生最不快樂的事，莫過於強迫自己過得快樂。

然後，當你把腳步停下，把面具卸下，把甚麼快樂不快樂的枷鎖拋掉，再好好認真的投入生活，大概，那些偶爾失蹤的情緒終會歸來，而日出的光終會令冰封的花再次盛開。

候鳥要高飛，花香要撲鼻，便先要渡過那難熬又寂寞的學習期。

此刻生活的平平無期，就當是對未來更好日子的一種籌備。

　　成長是，漸漸對生活失去知覺，再漸漸從生活裏尋回快樂。

　　　　　原來做大人是這麼不容易的

人大了，怎麼越來越多無可奈何了？

若然，有時候不懂得如何面對世界給你的無情，或許對天長嘆一聲，已是當刻最合適的回應。

當人大到了某一個年紀，當生命的不可抗力換來了內心的無能為力，彷彿再說甚麼也是無補於事，再罵甚麼也是沒有意思。以前的你或許會不忿上訴，會向知己良朋宣告，會嘗試扭轉命運的結局……但今天的你，可能是妥協了，屈服了，或只是打從心底的累透了……多不忿不滿也只好淡然接受了。

面對關係的無奈，輕嘆裏存有感慨。
面對前途的迷惘，輕嘆裏存有徬徨。
面對生死的眼淚，輕嘆裏存有唏噓。
一聲嘆氣，彷彿是控訴世情的不講道理，原來比起哭笑悲喜，無奈和唏噓才是成長揮之不去的滋味。

吸一口氣，把壓抑集結於胸襟；
呼一口氣，把愁緒嘆息給天地。
一呼到尾，吐出來的也是人生的雜陳五味，忘不了的卻是此生的難捨難離。

這些年來，有誰是真的過得輕易？

每人也有著自己的不容易，各自的艱苦大概已辛酸得難以啟齒，想訴苦也不知從何說起，想安慰卻感到無從入手；然後，你沉默了，他安靜了，你們無言以對了，最後便只好看著對方的眼眸看回自己，輕輕的嘆一口氣。

有時候，面對人生的無可奈何，渺小的人只好無奈地對天嘆一口氣。這一口氣，是一種倦，是一種抱怨，但同時也是對身旁人的一種心照不宣。

比起大家都懂的冗長道理，絕境時的一刻抱擁、交換淚眼、同聲嘆氣，也可以是種無聲勝有聲的打氣，只因這一口氣，埋藏的除了是互相明白的同理，也是溫柔的一聲：「**難過也有我跟你。**」

明天會如何，誰又敢奢望？

面對人生的迷惘，或許謹記有人在旁，嘆息過後便能找到踏前的答案。

成長是，明白嘆一口氣或許就是對這個世界最適合的回應。

若然，
有時候不懂得如何面對世界給你的無情，
或許對天長嘆一聲，
已是當刻最合適的回應。

天王星

天王星，是離太陽排名第七的行星。

在八大行星中，天王星是唯一以希臘神明來命名的行星，其餘的，也是以羅馬神明的名字作參考而命名。烏拉諾斯（Uranus）有著一段令人感到惋惜的身世，相傳他和大地女神蓋亞誕下了十多位子女，亦包括一些異於常人的龐然巨人，經歷了一些爭論和各執一詞後，最年少的幼子被母親蓋亞影響，對父親的仇恨亦逐漸遞增，而在一個看似風平浪靜的晚上，幼子便拿起了鐮刀對烏拉諾斯造成永久的身心傷害。從此烏拉諾斯便長居於天空，不再回到地面承受被妻兒傷害的畢生傷痛。最後，他成為了天空之神，在天上觀看眾生，在雲層輕撫著那永放不下的烙印。

原來做大人是這麼不容易的

男人也是人，被血脈相連的摯親排斥及憎恨，強大如神也始終會留下淚痕。

我躺於床上，點燃起一根香煙，吸下，吐出，一息間的煙霧彌漫，正好襯托著我這個階段對生命的意興闌珊。

每一次字頭的轉變，也彷彿是對現況的檢視。回想那時，由一字頭步入二字頭，年少氣盛的我仍對未來充滿渴求，仍相信憑著一雙手能打拼屬於自己的宇宙；到了由二字頭踏進三字頭的階段，竟後知後覺地發現青春也不過是一張短程機票，著陸了便要開始為未來認真計劃和打算，前路遙遙，風雨飄搖，但至少仍有力氣和本錢去開闢屬於自己的路段。

如今的我，距離步入四字頭只有數年的距離，年歲或許是虛無，但身心的轉變卻實在得殘酷。以往和老友夜蒲轉場仍可面不改容，現在多喝一杯也會被伴侶提醒慎防三高；以往只睡三四小時便可喝杯咖啡準時工作，現在起床後沒有腰痠骨痛已值得慶賀。儘管如此，身體的倒退總不及心理的失衡來得洶湧，來歷不明的愁緒總會教人自我懷疑，會認定自己的工作停滯不前，會暗罵後起的同僚表現後來領先；要晉升，又有心無力，要退位，又心有不甘；好吧，不看工作只看家庭，會質疑自己對子女管教不善，會慨嘆和伴侶的親密大不如前；要修補，又無從入手，要鬆手，又心存念舊。

　　矛盾，膠著，遲滯，頹廢⋯⋯原來所謂的中年危機，就是這種踏前或退後也舉步艱難的力竭筋疲。

　　「怎麼了？親愛的，有心事嗎？」依偎在我身旁的她說，她總是能看穿我的煩惱。

　　「嗯，沒甚麼，只是在想工作的事宜。」我假裝若無其事的說，再把煙蒂弄熄於煙灰缸內。

　　「別想這麼遠，及時行樂最重要。」她挽著我的手臂，懶洋洋的說：「來，趁還有時間，多躺一會兒吧。」

　　「嗯，不好了，我今晚還有事情要做。」我婉拒著說。

「好吧，那麼我也不留你了。」她眼神帶有嘲弄的看著我說：「回家交人吧，你的妻兒在等待著你啊。」

對，我不是一個好丈夫，亦不是一個好爸爸，即管用你的眼光輕看我吧，反正，連我也看不起自己。

冷水於花灑如雨般落下，沖走了殘存的香水味，卻沖不退逢場作戲的愧疚感。我知道說甚麼工作壓力，甚麼婚姻不順，甚麼酒後亂性也是一種藉口，只怪便怪自己不夠定力，總是以逃避來解決所有問題，總是以短暫的快慰來加劇長久的痛苦。煙草、酒精、性愛，統統也成為了我的救藥和毒藥，服下會上癮，不服會折騰。

回想初嚐禁果的那天，我也高估了自己的決斷，以為一夜情便真的可以一夜之後不再動情，但原來那只是泥足深陷的首映，意猶未盡只會不斷添食，彷彿只可透過市場的號召力，來證明自己在家中不被認同的價值。但是，我也同時低估了自己的罪疚，快慰的感覺只得數秒，但後續的自責卻不斷纏繞，特別是回家看到太太拿出飯餸的一秒，還有孩子叫喚「爸爸」的一秒。

拿著酒店的大毛巾把身體擦乾，於鏡前把霧氣抹去，看著眼前這熟悉又陌生的面孔，連我自己也自覺不堪入目。

「那麼，」她仍在床上慵懶的說：「照舊，下星期五見嗎？」

我把恤衫西褲穿好，再如常的回答：「嗯。」

「好吧，那麼下星期再見了，親愛的。」她說，再從床上跪起來張開雙手示意給她一個擁抱作道別。

「嗯，不好了。」我帶點冰冷的說：「怕會沾到你的香水氣。」

駕車回家的路上有點擠塞，如同我的情路般從沒暢通過。離離合合，真真假假，有傷害過人亦曾被傷害過，有欺騙過人卻不知有否被欺騙過，直至遇上了家中的這一位，拍拖後很快便行禮，結婚後很快便產子，坐月後很快便一不離二，而我亦只好斬斷大部分的情絲，修心養性學習養妻教子，只是當一切穩定下來時，竟會不敵引誘而節外生枝。

前路依然停滯不前，我納悶地握著軚盤打了一個呵欠，然後便按下了按鍵，聽聽電台有沒有甚麼能令我感興趣的事。

「所以，山羊座的朋友這星期要積極一點，或許工作上會有大展拳腳的好機會啊！」來賓興奮地說。

「明白，那麼山羊座的朋友們要加把勁了。」主持人回覆

著說：「但星相命理始終不是精準科學，觀眾朋友們也不要過分迷信啊。」

「不好意思主持人，星座不是迷信。」來賓反駁著說：「而是統計學。」

似曾相識的一句，竟闖進了我的回憶深處，再把那段塵封了的舊情翻泥出土，讓我頓時感受到那年十八的純愛與美好。不知道，她今夜會否出現呢？若然真的能夠再次碰面，我們的對話會滿載敵意還是感激懷緬？她還有恨我嗎？她已成家立室了嗎？她放下了我嗎？**而我，又放下了她嗎？**

初戀，總是被情竇初開的人拿來作練習，回想那時大家也未有能力去處理愛，去經營愛，去修煉愛；自然會把這份愛草草了事。誰不知，那場初遇竟然是生命中最單純的一次。**初戀如此令人揮之不去，或許是因為那時的自己對愛是如此的純粹。**

「我回來了。」我打開家門，揚聲說。

「回來了？今天比平常早了。」妻子在桌上盯著手提電腦，翻譯著滿桌子的文件說。對，她的語文能力高，是一位自由身的翻譯員。

「嗯，早點回來換件衣服便外出了。」我於飯桌旁放下公事包，再走到客廳，跟在兒童木桌上做著功課的子女說：「爸爸回來了，你們在做些甚麼？」

「唏！」妻子探頭看著我，帶點不悅的說：「他們在做作業，你便不要打擾他們吧。」

「只是問候一下我的孩子，有這麼嚴重嗎？」我也有點不悅的回答。

「爸爸，」大子看著我，指著桌上的功課簿說：「這一題我不懂。」

「不用怕，爸爸教你。」我彎下身子，看一看他的小手指頭指著的英文單字，頓時間也不懂得作答。

「你先留空這一條，媽媽待會兒過來一次過教你吧。」妻子看著屏幕回答，再瞄一瞄我說：「你現在的英語程度，你爸爸不會懂的了。」

說罷，她繼續她的工作，而我亦看到大子和細女對目偷笑了一下。

我氣沖沖的走回妻子的旁邊，再拿起公事包準備回房間更衣說：「你就是常常要在子女面前數落我就是了。」

「甚麼數落？我只是說事實。」妻子用眼角看一看我，再看回電腦屏幕說：「若然你懂那些英文詞彙，你可以去教，我不會阻止你的。」

「嗯，你喜歡吧。」我強忍著怒火準備回房間說：「我換件衣服然後便出去了。」

「對了。」妻子忽然提醒說：「你今晚不要太夜或是喝得太醉，明天我們約了爸爸媽媽喝早茶的，他們很久也沒有見過一對孫兒了。」

「啊！我完全忘記了。」我掩著額頭，苦惱著說。

「我知道，這些事你從不會上心的，所以我才提醒你。」妻子不屑的回答。

「既然外父外母只是想見一對孫兒，」我故意對著幹說：「那麼我缺席也可以吧？反正，他們又不是怎樣喜歡看到他們的女婿。」

「可以啊，當然可以，你喜歡便可以了。」妻子瞧著我，語氣帶刺的說：「那麼所有東西從今日起分清分楚好了，這間屋的首期你還給他們吧，我們婚禮的費用也一次過歸還吧，你說好嗎？」

我聽後很想反駁，但卻察覺自己根本沒資格搞對抗，原來當一個人於家族中沒有金錢，自然也沒有了理直氣壯的本錢。我無可奈何的走回房間，一轉臉，便再一次看到大子和細女對目而笑。

　　把帶有罪孽的恤衫投進洗衣籃，再換上了佈滿柔順劑氣味的馬球衫，由酒店的鏡子照到臥室的鏡子，哪怕環境變了，衣物變了，但鏡中人對自己的不堪入目卻從未減少。

　　人人也說，三十至四十歲是男人的黃金時期，但此刻的我，面對事業停滯不前，面對關係見異思遷，面對自己不值可憐，或許，我必須承認，我就是一個失敗的丈夫，失敗的父親，同時擁有著這失敗的人生。

　　「我出去了。」我打開大門說。

　　「再見。」妻子仍盯著電腦和文件說。

　　「爸爸！」大子從小木桌的方向叫喊說：「下星期五下午是親子運動日，你會來嗎？」

　　我看著孩子殷切的雙眼，再看著妻子高傲的冷淡，再想起了星期五本已約好了的例行公事，便假裝一臉抱歉的說：「這陣子比較忙，哥哥，我看一看公司的安排，今夜再回覆你吧。」

大門關了，不知由何時開始，離開家門竟會有一種鬆一口氣的感覺。

　　踏著油門，把音樂調到最大的音量，大得不會再聽到任何人給我的單單打打，亦不會再聽到心內自言自語的冷言冷語。窗外的夜景不斷倒流，腦海中的愛情劇本亦不斷回溯，彷彿過去每一段緣分的分離，分開的原因也歸咎於自己心底的自卑。如果現實真有如果，倘若可以回到當初，假如昔日自信一點，不知道，今夜駕車前往的這個約定，身旁會否仍有她攜同出席的身影？

　　「喂，剛才在忙，你致電過給我嗎？」我帶點不自在的問。

　　「對，但不要緊張，我打來不是要苦苦哀求，或是痛罵你一頓的。」聽筒內的她說，她叫做海王星，是我的初戀。

　　「嗯，所以，你打來的原因是？」我問。

　　「我只是想跟你說，我寄了一個包裹給你，嗯，就當是分手禮物吧。」她說。

　　「是甚麼來的？」我問，同時帶有一份感觸。

「內裏是一些你之前借了給我的瑣碎物，一次過還給你了。而用文件夾放好的，是我這些年來親手製作的英文筆記，你呀，要好好學好英文。」

「嗯⋯⋯謝謝你⋯⋯我知道的了。」我強忍著淚水說。

「吖！還有，箱內還有一個小布偶，但它不是給你的。」她夾雜著哭笑的說：「是送給布甸的⋯⋯之前我應承過牠會送牠一隻布偶，我不想食言。」

於母校後門的斜坡上停駛，關掉引擎，音樂也瞬間歸零。車廂頓然很靜，靜得教我頭腦清醒，然後，我想起了家中的大子，便拿出了手機，傳出了這個短訊：

「對不起，下星期五我有工作在身，不能夠陪你了。」

我從車內看著夜空笑了一笑，再落下窗點燃了一根香煙。原來，初戀看似很遠，但那顆種子卻一直在我的心內發芽，生長，再茁壯。有些深刻忘不了，而她的關心和良善，亦如香煙般想戒也戒不了。

那年的我仍是少年，紙箱內的布偶是給布甸的小小心意，而布偶旁放了一張信紙，上面寫著「小孩子是無辜的 始終是

原來做大人是這麼不容易的

大人的事」；由當時到今天，如何愛得不自私，大概便是海王
星教懂我的事。

　　吖，對了，剛剛的那則短訊，不是傳給我兒子的，而是傳
給下午那位沒名沒姓的她，當訊息冒出兩個剔號，我也以「封
鎖」作為這段枝節的句號。

Chapter Eight

關於成長，關於無缺

人大了，怎麼覺得生活開始不斷重複了？

　　你有否覺得，生活好像一天比一天沉悶，日子好像一天又一天重複？到底，沉悶的是外在的世界，還是自己內在的心態？

　　不知道由何時開始，每天的生活好比鍵盤上的快捷鍵，複製，貼上，複製，貼上……你開始分不清日期時間，分不清自己的年歲，亦分不清昨天的趣味和明天的夢寐，卻只可感受到當下的單調乏味。徘徊在這不斷的循環，到底自己能否把心一橫，為生命作出改變的選擇？

　　責任以外，取悅自己也是一種責任。

　　明白每人也有要負上的重擔，可能是工作學業，可能是照顧家庭，可能是人情關係……但大輩子也為著他人，也總要預留時間善待自己。看套電影、凝望夕陽、離線一天盡情獨行、收拾行李出走沉澱……**地球很大，放眼才可看到更寬闊的世界。**

　　妥協之前，謹記你的生命只得一次。

比起過去，你當然是老了，但比起遙遠的未來，其實你年輕得燦爛如詩。若然生命的清單還有太多的空白，不管是追尋夢想，重返校園，放任瘋狂，談情說愛……也請你不要局限自己的可能性。嘗試從無太遲，卻只有及時，而後悔和遺憾大概是生命中最痛的一根刺。

　　曾經的你是多麼嚮往長大，因為可以擺脫年齡限制去放任，可以無須家長簽署去嘗試，但如今，當你大得可以擁有自由去選擇時，怎麼又會選擇了當初最不期待的日子？

　　親愛的，不管到了哪年紀，願你也可以放膽的和自己說：「你還年輕，別容許自己重複著沉悶的生命。」

　　所謂的老態，或許不是源於時日的鐘擺，而是取決於內在的心態。變老，是一瞬間的事，回春，也可以如此。別忘記，當下的這一瞬，已經是你在僅有的生命中，可以最年輕的一瞬。

　　那些關於年紀的問題，或許只是你自己給自己的限制。

　　成長是，不因年齡而惶恐，卻教自己活出每個最好的年華。

人大了，怎麼要承受更多失去了？

跟某某揮別後，你會發覺自己從此不再依舊，眼淚會不自覺的滲透，思緒會不期然的回眸⋯⋯原來，胸膛的左側多了一處難以癒合的心漏。

擁有的時候總是美好的。擁有青春，你可以和四季跳著不會老的舞；擁有夢想，你可以忘記時間地採摘天上的雲彩；擁有親密，你可以把情緒投入擁抱中哭笑到地老天荒。但是，誰都知，任何東西有開始也會有終止。失去是一剎，但面對失去卻可以是一輩子的練習。

失去好友的關懷，未來的路要學會自我依賴。
即使沒有口角及不和，但當看著曾經的好友有了自己的新目標，有人成家立室了，有人醉心工作了，自己也自然會識趣一點不打擾。今夜的內心充斥寂寞，但打開通訊軟件才發覺，舊友的名字早已墮進難以尋覓的一角。

失去伴侶的關係，愛與恨又怎可能輕易放底？
曾經相愛時可以形影不離，但原來分手後可以煙滅灰飛，

再把一切的懸念和創傷留給你貴客自理。愛與恨難以劃分，好比交纏過的時光是如此的深刻和真實，同時亦不可能當作從未發生。

失去再見的可能，原來悲與傷可以持續一生。

有過如此濃厚的情感，怎淡忘？有過如此深刻的回憶，怎看輕？那段沒說出口的話，那趟仍未成行的旅程，那些不可能再一同見證的未來……如今只成為遺憾，長痛於心，甚至連虛構一秒也不敢。

花會盛開再憔悴，人會老掉再逝去，道別的一刻會流眼淚，或許……我們害怕的不是失去，而是不懂得如何面對失去。

人生無奈亦殘忍，它可以野蠻得不講原因，亦可以現實得不帶憐憫。然後，我們終究要接受：世上是有難以斷尾的傷口，是有無從復原的鐵鏽，亦是會有不願鬆開的一雙手。

親愛的，失去時會很痛，會很傷，甚至可能不會有所謂完全復原的那天，我們只可以帶著這些傷損繼續生活下去，繼續勇敢下去，再繼續去接受它們已經成為了自己生命中不可分割的一部分。

試過失去，你便不會再是以前的自己，你會在某些特定日子想起某一張臉，你會反反覆覆地經歷時好時壞的狀態，漸漸地，你會更願意珍惜仍在身邊的人，你會用新的視覺去看待每一場相遇，最後你會發現：

　　原來，你不需要再是以前的自己。

　　事過境遷，懷著新經歷的你，拍翼了其實仍可再飛。

　　成長是，接受很多事情也回不去，更接受很多東西其實無須回去。

人大了，怎麼偶爾想放棄所有了？

當雙眼再看不到任何顏色，當雙腿再找不到向前的動力，願你回望這趟生命之旅的經歷，從中尋回值得慶賀的價值。

親愛的你，大概這陣子當你看到自己的眼神時，無須甚麼語言，你也能看清自己的疲憊和搖搖欲墜吧？然後，怎麼了？那個積極的你彷彿失蹤了，年月為你送來的竟是那位想放棄一切的你，是那位忽然覺得甚麼也不再重要的你。煙霧彌漫，充斥慨嘆，怎麼人生會如此艱難？

若然一時想歪了，念頭冒起了，不如先容許自己靜下來，再聽聽心內的需要。

如果，你頓時覺得甚麼親朋甚麼知己甚麼關係也不再重要了……

請你想起那些很重要的人，想想他們在你的人生裏留下過甚麼微暖的手印。是會有分道揚鑣的路，亦會有告別分離的痛，但請不要因為完結而抹煞了曾一起構建過的美好。**遇過的人，是種緣分，也是種令自己成長的養分。**

如果，你頓時覺得甚麼未來甚麼夢想甚麼明天也不再重要
了……

請你不要想太遠，就把精神集中於此時此分，把視覺聚焦
於這一步的腳印。若然未來令你存有恐懼，其實你不需要為盲
目的目標去追，其實你不需要怪責自己的後退，其實你可以停
下來整頓自己的思緒，再無拘束地釋放壓抑的眼淚。

冬天很冷，但寒冬裏總有下季花見值得期盼；
長街寂寞，但轉角處總有柳暗花明仍可尋獲。

那些難過的昨天、痛苦的往事、纏繞的歷史，以及不堪回
首的曾經啊……大概也是將來的夢寐未到達前所必經的一些試
煉。某天當我們抵達未來，榮獲了自己從痛楚中所定義和命名
的幸福時，即使你未能大徹大悟得感激淚水，但至少你會願意
接受這段催你成長的過去。

親愛的，若然頓時間你覺得周遭一切也不再重要了……
請相信我：**至少你在你的生命裏是無比重要的。**
真的，活著很重要；而你，和你的生命也同樣重要。

天上有鳥，鳥兒刺破黑夜迎來破曉；
明天如何無人知曉，但至少一覺醒來仍聽到暖光給你的喚

原來做大人是這麼不容易的

召，然後，你再聽到復甦了的心跳，最後，你亦終究會重拾久違了的微笑。

生命的奇妙，在於你記起自己是何等的重要。

成長是，珍惜每下心跳，只因自己比誰都更重要。

人大了，怎麼越覺得這個世界糟透了？

　　當世界漆黑得只見濃霧，願你把目光回歸身邊的周遭，或許仍有些微光在悄悄起舞，只是自己留意不到。

　　當到了某一個年紀，即使不情願地，也開始會接受世界並沒有童年時幻想般的優美。有人孤身隻影看著戰火連年，有人在赤地躊躇著能否過渡明天，有人被迫離家一輩子也在異地流連，有人為了愛和自由而斷魂歸天。很多荒謬，更多難受，到底哪裏才是最寧靜的綠洲？

　　抬頭久了脖子自然會累，若然遙望太遠會令你心存恐懼，不如容許自己把頭輕輕低垂，著眼於這時這刻和這裏，重新檢視一直在此的生趣。

　　身邊的人，永遠是最重要的緣分。
　　到底是沒有人關心自己，還是你把五感閉上而感覺不到別人的關心？世上數十憶人，能遇上總有當中的原因，更何況是那些仍在身邊的貼近？悲傷別自困，傷心找慰問，把難過暫託身邊人，抒發了便可再次重生。

快樂的事，別每件事情也講意義。

若然每天的重複和無目的的旅途令你對生活麻木，請你容許自己停一停步，再拾回曾令你快樂的事情，投入於那片純粹，純粹地為自己增添樂趣。當了成人，便會漸漸忘記曾經的純真，其實快樂無須向誰申請批文。

曾經踏破滄海去尋找那令人平和的境地，但原來最恬靜的空間永遠是自己的心靈。

親愛的，現實是殘酷，但至少你能改寫自身的結局。

世界很糟，更要捉緊生命裏的美好，很多東西一鬆手便不會再得到，那麼，珍惜的便請踏前一步，於痛苦中有人陪伴共渡，即使世界不會頓時變得美好，但至少有人一起甘苦與共，哭過痛過再並肩上路。

世界很大，但生命比起世界還要大。

把目光放回自己的人生，即使現實一反常態，但活於當下的你已一步一步創造出屬於自己的新世界。

成長是，懶理世界的糟透，卻堅守自己心內的綠洲。

人大了，怎麼越來越感到迷失了？

此刻的你若感迷惘，不如放眼向未來張望，或許迷霧過後仍有曙光可嚮往，或許凋謝過後仍有重生可芬芳。

「很累了⋯⋯到底自己還要支撐多久？」

或許這陣子的你也有這種看不到盡頭的迷失吧？彷彿東南西北也不是踏前的方向，而周遭的聲音總是叫你堅強，但你的內心早已痛得五勞七傷，亦沒有力量面對眼前這沒完沒了的硬仗。對呀，這種感覺很糟，很消耗，很煎熬⋯⋯但當你想推翻一切的曾經，願你先回顧一路走來的過程。

面對勇敢你問如何，面對命運你問為何，當世人只求結果，不如著眼關注令你成長的每一種經過。

曾經關係的迷失，教你懂得把重視的人捉緊。
曾經工作的徬徨，令你聆聽到自己心的方向。
曾經生命的迷惘，讓你孕育出剛和柔的堅壯。

就是這樣了，今天的你之所以是你，就是因為每段經歷所出現過的不完美，它們也在催促你進化、蛻變、昇華，再成為了眼前這位獨一無二的個體。**原來，人會迷失再面臨樽頸，只是意味著心內的渴求即將覺醒，你也是時候踏進下一階段的新歷程。**

走過曲折崎嶇的情路，或許才能令你找到下一春季的更好；

試過高山低谷的旅途，或許才能教你帶著感恩邁向生命的最高。

人生的小說來到了此刻的章節，當中有過幸運與不幸，有過成就與艱辛，有過令你成長的人，有過令你的生命更有著跡感的原因。**昨天的傷痕成為了今天的養分，而今天的迷失，但願是未來得到幸福的伏筆。**

天使於前方打了分岔號，此刻的迷途，換來了蝴蝶效應翩翩起舞，某天當你榮獲生命的美好，或許你會笑說：「原來曾經的迷失也不算太糟。」

成長是，感激走過的每段路，一步一累積，原來迷失也是一種價值。

八 大 行 星

只要仍有人重視，承諾便有它存在的意義。

宇宙的星體無數，若可成為八大行星中的其中一顆，當中定必有冥冥中註定了的原因；好比相遇，世界的生命無數，若可相約於十八年後的同一天台重遇，當中定必有念念不忘的一種緣分。

「真是胡鬧！哪有學校的後門十八年來也是用『0-0-0-0』作密碼設定的？」一把男聲嘲諷著說。

「木星！你也來到了！」火星激動的上前和木星緊擁著。

「嘩，火星，十多年沒見面，你比以前更加肌肉發達了！」木星亦同樣興奮的說。

原來做大人是這麼不容易的

「很久不見啊！」站在火星旁邊的男士有禮貌的說。

「你……你是……土星！」木星亦給了土星一個擁抱說：「還是第一次看到你沒有瀏海的樣子，你的五官這麼多年仍是如此好看。」

「哈哈，你也沒有太大改變啊。」土星客氣的說。

「想不到真的能再見到大家，我多害怕最後只有我一人赴約。」木星看一看天台的四周，再問：「所以……就只有我們三個嗎？」

火星回答：「當然不是，除了老師還未到，其他人也全部來到了，我也真的猜想不到。」

「全部都出席了？」木星難以置信的說：「但是，人呢？他們在哪裏？」

「金星和水星碰巧去了洗手間，應該差不多便會回來了。」土星說，再示意木星到前方放下袋子。

「而海王星和天王星便到了操場買飲料。」火星跟隨著土星笑說：「不過，相信他們還要點時間才會回來。」

木星跟隨他們到前方，把袋子放於石屎地上，再看著漆黑的天空，雙眼帶有感觸的說：「**想不到，即使長大了，但原來大家仍然念舊。**」

●●●●●●●

「所以，你現在的身體有沒有好一點？」金星洗著雙手說。

「比以往好多了，有心。」水星亦抹著雙手說。

「那便好了。」金星感到欣慰的說：「還記得那時候，我常常要陪你進出醫療室的。」

「哈哈，對，現在回想，真的謝謝你當時常常陪著我。」水星從鏡中看著金星說。

原來做大人是這麼不容易的

「別說這些，舉手之勞。」金星亦從鏡中看著水星說：「如今看到你身體好轉了，不用時常臉色蒼白出入醫療室，我也安心多了。」

「哈哈，但現在的我卻常常出入醫院啊。」水星打趣的說，再從褲袋拿出消毒酒精噴灑著雙手。

「怎麼了？」金星一臉擔心的問：「是因為有甚麼疾病嗎？」

「冷靜，冷靜！」水星把消毒酒精遞前，再噴灑在金星的手心說：「只是，我現在當了醫院護士了。」

「你真壞，給你嚇到我了！」金星鬆一口氣的說：「但你這樣說來，我也是時候安排身體檢查了。」

「對啊，過了三十歲，也是時候趁早檢查的了。」水星拿著紙巾把女廁門推開說：「你呢？你現在從事甚麼職業？我想，並不是和數學有關的工作吧。」

「哈哈，你記性真好。當然不是啦。」金星跟隨水星步出女廁說：「我現在是自由工作者，主要接設計的工作。」

「啊，真好，是你喜歡的工作嗎？」水星說。

「嗯，都算是，只是有些不穩定就是了。」金星回答：「對了，那麼你的家人呢？他們安好嗎？」

「還可以，只是母親早幾年因糖尿病而需要以輪椅代步，但兩老尚算精神不俗。我也繼續和他們同住，方便照顧。」水星說：「你呢？你的家人好嗎？」

「我也是和家人同住⋯⋯嗯⋯⋯他們健康也不錯，只是，只是我們的關係一般，我也想過獨自搬出來自住的，只是一想到租金和生活費，還是算了。」金星說，語氣中帶有一份現實的無奈。

「嗯，明白的。」水星認同著說：「**在這個城市生活，理想和現實的距離的確是差天共地。**」

二人沉默了一會兒，走廊只剩餘她們的腳步聲，以及沒有呼出卻又明顯彌漫的嘆息。

「叮」，水星的電話傳來短訊，她也皺著眉頭的簡短回覆。

「沒事嗎？」觀察入微的金星問。

「噢，沒甚麼。」水星擠出笑容的說：「只是父母再一次叮囑我今晚回家要飲湯。」

「是嗎？」金星看著前方，苦笑著說：「他們如此關心你，真是幸福。很羨慕你。」

水星聽後收好了電話，再苦笑一聲說：「說羨慕，其實我也很羨慕你，可以如此自由地工作，做回自己喜歡的事。況且，有時候，**關係過於親暱，其實也是一份壓力。**」

「看來，大家也有大家的不容易啊。」金星看著水星說。

「嗯，這個年紀，大家也是我看你好你看我好吧。」水星回應。

「嗯，人是這樣的了，我們總是關注自己沒有的東西，」金星笑說：「而漸漸地，我們也會忽略了：**自己所擁有的，甚至所嫌棄的，原來是他人一直羨慕著自己的東西。**」

「原來，不止是我這一個行業。」水星踏上前往天台的樓梯說：「看來，所有這個年紀的人也是這樣的。」

「也是怎樣？」金星不解的問。

「也是如你我般，」水星微笑著說：「**懂得安慰別人，而不懂得安慰自己，統統也是能醫不自醫。**」

● ● ● ● ● ● ●

「還是喝烏龍茶嗎？」天王星在飲品販賣機前問。

「嗯，對。」海王星回答。

天王星把烏龍茶遞給海王星說：「你的烏龍茶。十多年來，口味也沒有變。」

「謝謝。」海王星接過烏龍茶，再說：「但只局限於口味，其他的東西，相信大家也變了不少吧。」

二人喝著自己的飲料，然後是明顯不自在的靜默數秒。

「嗯，對了，世伯伯母好嗎？」天王星硬找些東西說。

「不錯，有心了。」海王星亦問候說：「你爸爸媽媽呢？」

「父親身體開始出問題了，至於母親，」天王星看著夜空說：「早幾年和布甸也離開了。」

「啊……不好意思。」海王星惋惜著說，心房也抽搐了一下：「你這樣一說，布甸的樣貌亦立即浮現了。希望你安好。」

「沒事。」天王星擠出笑容的說：「到了這個年紀，我們也開始要面對生離死別的問題吧，有些人早一點，有些人遲一點，但統統也是遲早的問題。」

「特別是死別吧。」海王星也看著夜空說：「關於生離，十多年前我們已嚐過的了。」

又一陣沉默，雙方也借意喝著飲料避而不談。

「那麼，你過得好嗎？」天王星扭著樽蓋，裝作自然的問。

「好啊，過得不錯。」海王星說：「你呢？過得好嗎？」

「哈，和我的英文一樣。」天王星看著海王星認真的說：「不好。」

海王星默默的點頭，再看著天王星坦誠著說：「剛才我騙你的，**我也過得不好。**」

多年的口硬，或許早已被歲月軟化了，眼前曾經是自己最愛的人，難怪除了說真話，說些甚麼話也會顯得格格不入。

「所以，那次之後，你再沒有和其他人交往了嗎？」天王星說，再於操場漫步走回天台的方向。

「沒有了。」海王星亦前行著，再打趣的說：「可能是被你傷得太深了。」

「不是嘛？」天王星一臉尷尬的回答。

「說笑罷了。」海王星問：「你呢？你現在又怎樣？」

「我嗎？嗯，我早結婚了，還誕下了兩個小孩。」天王星帶點不好意思的說。

「真的嗎？很恭喜你。」海王星亦得體的說：「那麼要修心養性，當個好爸爸了。」

天王星聽後，只是笑了一笑，心虛得沒有回應。

走到了通往天台的樓梯口，海王星終於按捺不住的說：「嗨，可以問你一個問題嗎？」

「哈，看來，我們終於要入正題了。」天王星說：「即管問吧，我會誠實的回答你。」

「我想問，」海王星如實的問：「那時候，你為甚麼要離開我？」

天王星沉默了一陣子，再一臉認真的說：「因為那時候的我自卑。嗯，對，你成績和家底也比我好，而我只是一個留級的學生，我覺得……我覺得那時候的自己配不上你。」

「嗯，明白。」海王星雙眼冒起淚光的說。

「相信我，不管是今天還是當天，這一句也是我由衷想跟你說的話，」天王星亦雙眼通紅的說：「**不是你的問題，你值得擁有更好的愛。**」

「嗯，謝謝你。」海王星低下頭的踏上樓梯，再抹一抹雙眼的說：「真的 ，謝謝你。」

「可以的話，」天王星亦踏著樓梯，誠懇的說：「**再去愛一次吧。**」

海王星笑一笑後點頭，然後便沒有說話。

「那麼，到我問你一個問題了，可以嗎？」天王星說。

「當然，有來有往，隨便問。」海王星說。

天王星收起了笑容，面容亦充斥著一份凝重的說：「你認為……我有能力當一個好丈夫，好爸爸嗎？」

海王星聽後亦沉默了數秒，然後，再看著天王星說：「你可以，你一定可以。」

「但……怎麼你如此肯定？」天王星黯然神傷的說：「甚至，連我也相信不了自己會是一個好伴侶好爸爸。」

「嗯，這樣說吧，或許你是有些孩子氣，甚至有時也十分冒失，忘記了所有重要的日子，但是，至少在我和你一起的那段時間，」海王星看著天王星那迷失的雙眼說：「**你曾經令我快樂過，你要相信，你是可以令人快樂的。**」

天王星強忍著淚水，在踏出天台的一剎，看著海王星問：「但是，我做錯了一些事，我……我不知道該如何面對自己。」

「**親愛的，誰的青春沒有錯過？**哪位丈夫妻子不是第一次當彼此的伴侶？哪位爸爸媽媽不是第一次當孩子的父母？不止是你，每個人也會錯，『明天』的意義，就是容許我們修補過錯，而不是重蹈覆轍的一錯再錯。」海王星虔誠的直視天王星，如同直視著自己的陰影說：「**比起相信星相命理，我和你更需要相信自己。**」

●●●●●●●●

「看來，大家也有著自己的不容易。」火星唏噓的說。

「男人到了這個年紀，總有一兩個範疇會令自己感到煩惱的吧。」木星說，再打開了手中的罐裝啤酒。

「真的，而且當人越大，很多愁緒也難以說出口。」土星亦和應著說。

　　　　原來做大人是這麼不容易的

「對，特別是當社交圈子不斷縮小，朋友又逐漸各散東西，要找到能傾訴的對象也不容易。」火星說。

「唉，喝吧！」木星舉起了啤酒說：「**難以抒發的，便乾下去，再呼出來的，即使未可釋懷，但至少今晚有酒便應及時暢飲。**」

火星和土星也拿起了啤酒，一同乾杯，一同把難以言喻的愁緒乾進肚裏。

「或者，若然你們不介意的話……」土星帶點戰戰兢兢的建議：「其實，我們之後可以多點約見……可能，即使問題解決不了，但至少有人可以分擔一下。」

木星笑了一笑，再說：「看似是不錯的建議，我參與。」

「嗯……建議是不錯，但是……」火星一臉隱憂的說。

「怎麼了？但是甚麼？」木星疑惑的問。

「但是……」火星掛上笑容，向木星胡鬧著的說：「但是我怕你的媽媽要等你門啊。」

木星聽後裝作生氣的箍著火星的頸，土星亦從旁笑了起來。

三個男人帶著三種不同的煩惱重遇，但把心敞開，原來三位仍是當年那慘綠年華的少年。

　　終於，七顆行星十八年後也重聚於這個天台，他們看著彼此，才發現原來那份根深蒂固的熟悉感從來也沒有離開過。七人於地上圍了一圈，彷彿大家也在自己的人生軌跡兜了一圈，再帶著不同的閱歷來到此時此刻，圓滿著那年盛夏的青春約定。

　　他健碩了，她健康了，她體胖了，他世故了，他蒼老了，她寂寞了，他迷失了，而他們也各自攜著自己的人生課題走到今天了。陪伴就是這麼奇妙的一回事，大家說著，聽著，笑著，哭著……哪怕明天的問題依舊，但至少這一刻有人安慰自己的傷口，亦有人明白自己的難受。

　　說著等著，不管天上還是地上，始終還未等到流星和老師的蹤影，校園傳來了一陣風，風中記載著往日的成長詩，大家亦想起了當年的小玩意。

　　「既然仍要等，不如，再玩一次當年的遊戲。」火星雀躍的說：「開一個題目或是主題，然後逐一說出自己的答案。」

　　大家點著頭，再異口同聲的對目而笑說：「**環繞地球一周！**」

「好！我先出題！」金星舉起手說：「先來一些輕鬆點的！就說說自己現在最喜歡和最不喜歡吃的東西！」

　　火星說：「我最喜歡吃的是雞胸，最不喜歡吃的同樣也是雞胸。」

　　水星說：「我最喜歡吃的是烚蛋沙律，最不喜歡吃的是每朝早也吞進口的補充品。」

　　金星說：「我最喜歡吃的是熱燙的餸菜，最不喜歡吃的是冷卻了的炒麵。」

　　土星說：「我最喜歡吃的是茶餐廳，最不喜歡吃的是紅棗雞煲。」

　　木星說：「我最喜歡喝的是咖啡，最不喜歡吃的是生日飯。」

　　海王星說：「我最喜歡吃的是司康餅，最不喜歡吃的是巴斯克蛋糕。」

　　天王星說：「我最喜歡吃的是住家飯，最不喜歡自己吃的是香煙。」

　　「好！下一條題目！」金星接著說。

彷彿當了大人之後，已經很少會有人詢問自己的感受，難怪一道又一道看似簡單的問題，以往的自己可以鏗鏘回答，但今天的自己卻要深思熟慮才知道答案。

　　談過「最喜歡的旅遊地點」、「當年暗戀過的同學」、「買過最昂貴的一件東西」，終於輪到最後一位成員提出今夜最後的題目。

　　「嗯，終於輪到我發問了，問甚麼問題好呢？」天王星認真思量著，再看著大家不再年輕的面孔，重複那條依然不朽的問題：「就問回十八年前的那條問題吧，我想聽聽，**這一刻大家的恐懼**。」

　　又是一陣沉默，但這累積了十多年的沉默，彷彿被當時的更為沉重。

　　「好吧，當年的我年紀最大，而今天的我依舊是，就由我先回答吧。」天王星看一看手機內一家四口的桌布，再想起工作的不景氣，輕嘆一口氣的說：「此刻的恐懼，相信是停滯不前，家庭和工作也事與願違的感覺吧。」

　　海王星聽後，語氣也不勝唏噓的說：「而我，哪怕旁人總覺得我很亮麗光鮮，但其實我只是用外表來粉飾心裏的空虛，我的恐懼，相信是那種日積月累的孤獨和寂寞。」

天王星和海王星交換了眼神，但如今已不能再如昔日般抱擁纏綿，卻只能輕輕點頭來互相共勉。

　　「而我，就是很討厭被比較，以及工作被看輕的感覺。」土星抱著雙膝說：「而我最大的恐懼，是要面對那些表裏不一，對我不斷踐踏的同事。」

　　「被比較的感覺真的很糟糕，這簡直是我每天在家中的寫照。」金星想起下午和家人的對話，面容一半是憤怒，一半是難過的說：「想保持自由人的身分但又怕家人閒言閒語，若然找份穩定工作又怕朋友們會覺得我輕易放棄，我想，我的恐懼，就是他人的目光吧。」

　　「真的，活著要滿足他人真是十分教人疲累。」水星一臉倦容的說：「特別是要滿足家人的期望和他們教人窒息的情緒，真的是想一想也有種喘不過氣來的感覺。」

　　「當年和母親角力已教我筋疲力盡，現在還要有女朋友參戰。」木星想著下星期五的抉擇，再雙目失去焦距的說：「我的恐懼，我想，就是不知道自己所需的迷惘感。」

　　「人越大，好像越難開放自己，甚至可能是踏出社會後遇到更多有能力有本事的人，彷彿越會質疑自己的價值。」火星

搔一搔右眼眉上的疤痕，再躊躇不定的說：「要相信自己和別人，始終是我揮之不去的恐懼。」

「真是諷刺。」水星苦笑著說。

「怎麼了？」海王星問道。

「你們沒有發現的嗎？」水星一語道破的說：「**我們每一個人今天的恐懼，是和十八年前我們所說的是幾乎一模一樣的。**」

大家聽後，也不自覺的沉默了起來，不懂得說些甚麼。

「**我們看似是長大了。**」土星默默的說：「**但是，似乎我們也沒有成長了許多。**」

火星緩緩的躺了在地上，雙手放於頸後，此刻用這個角度再次望天，彷彿黑夜比起當年的更深更遠，然後，他再喃喃自語的說：「原來，這不是成長的煩惱，也不是成年的煩惱，而**是每個人獨有的人生煩惱。**」

其他成員也逐一躺了在地上，看著同一片天，憶著同一個當年，卻背負著不同的人生試煉。

「現在回想，那陣時的自己真是天真。」天王星自嘲著說：

「還真以為長大後，那些煩惱和恐懼會一掃而空，怎料……」

「對，我們還以為長大後會自然找到答案，但是，今天的我們卻面對著更多的問題。」火星凝望著深不見底的天空，輕嘆著說：「怎麼了，怎麼了？為何當一個大人竟會如此不容易的？」

「怎只是不容易？」木星附和著說：「還有很多的失望，很多的徬徨，很多的付出與收穫不成正比。你們看看今夜的密雲，看來，我們又再一次要失望而回了。」

「但是，我又不是這麼想。」海王星面帶微笑的說。

「怎麼說？」旁邊的天王星追問。

「對，雖然看不到滿天流星雨是有些可惜，但我們並不是空手而回的。」海王星坐了起來說：「至少這一夜，我們能夠看到大家啊。」

火星聽後亦坐了起來，看著海王星說：「對，至少，大家也遵守這個約定，至少這一夜，令我相信原來有些東西仍值得自己去選擇信任吧。」

「對，成長不容易，但至少也算有選擇。」金星坐了起來說，再扶起旁邊的水星。

而水星亦拍一拍雙手的沙石，溫婉的說：「嗯，還記得英文老師曾說過，Love 和 Hate 也是四個字母，要如何看待便是自己的選擇。」她再看一看木星說：「或許，**可以選擇也是一種幸福。**」

　　火星看著大家你一言我一語，忽然看著天空笑了一笑。

　　「怎麼了？火星，你在想些甚麼？」天王星說。

　　「沒甚麼，只是腦海中忽然浮現了一個想法。」火星的視線從天空回到眼前，再看著他的同伴們說：「其實，甚麼流星雨，甚麼八大行星，甚麼宇宙，統統也未免太遙遠了。**我在想，其實不出一百年後，我們每一位，以至我們身邊的每一位，也大概會灰飛煙滅，會消失於這個宇宙吧。**若然是這樣的話，不管是他人的眼光，不管是自我的懷疑，不管是甚麼愛與恨，不管是甚麼煩惱與恐懼⋯⋯一百年後，不管重要與否，也會伴隨自己銷聲匿跡，再成為天上的繁星了。那麼，其實，**此刻自困著的枷鎖，真的重得難以放下嗎？而此刻難以跨過的恐懼，真的恐怖得不可為未來短暫的人生再勇敢一次嗎？**」火星雙眼通紅的說：「既然，這個看似不可能的承諾我們今夜也做到了，不如，我們就再一次承諾彼此，由明天起，一切重新開始，不管今夜有沒有流星雨，我們也可以為自己許個願，再沿著下一段的人生軌跡，親手為自己達成這個心底的願望，你們說好嗎？」

大家也沒有回應，但看著彼此帶有熱淚和微笑的神情，相信無須語言，也是這個晚上最聲張的成長答案。

　　或許，生命中某些問題，到了某個人生階段，就真的自然會找到屬於自己的答案。

　　最後，這一夜，老師也始終沒有出現，而天上仍沒有一顆流星掠過的蹤影，比著是當年的少男少女，他們定會感到萬分的失望惋惜，但今天一眾少男少女也長大了，他們已懂得接受生命的無可奈何，亦更懂得面對成長的恐懼和苦楚。

　　由童年的湖泊漂流，沿著青春的河流來到成年的海洋，彷彿所有人事物情也變得太多，唯獨是海王星當年的運氣卡依然沒有錯：

「會看到發光而又美麗的東西」

　　會迷失亦會拾回的生命，閃亮得猶如流星；

　　會迷惘卻會尋回的方向，美麗得教人景仰。

　　人生的頑石，就是要被歲月磨擦過才會發熱發光，此刻的他們也散發著耐看的光芒，因為，十八年後的這一夜，**他們終於看到了彼此，亦終於從彼此間看清了自己。**

Postscript

地球

「那麼，張副校長呢？他仍在嗎？」我問。

「沒有這個人啊。」保安員回答。

「明白，那麼中文科主任仍是胡老師嗎？」我問。

「胡老師早就退休了。」保安員帶點不耐煩的說：「你要找的人統統也不在了。」

「嗯，明白，謝謝你。」我帶點惋惜的說。

「那麼，還有甚麼可以幫助你嗎？」保安員問。

「沒甚麼了，麻煩你。」我請求著他說：「其實，我以前是在這裏任教的，若然不麻煩你的話，我可以在這裏逛一逛，回憶一下過去嗎？」

保安員打量一下我，然後冷冷的說：「快一點吧，不要逛太久。」

「嗯，謝謝你。」我感激地回答，然後便準備踏進校園。

「吖，對了。」保安員拿出簿子說：「請先做訪客登記。」

我拿著「訪客」的牌子走進校園，內心充斥的卻是一份人走茶涼的空虛。曾經為學校貢獻多年，受到學生尊重的老師，今天也只不過是一位沒有人再記得，沒有人再認識的訪客。

人到晚年，總喜愛懷緬。

早幾年做了一個大手術，記憶力衰退了很多，很多東西變得模糊了，很多回憶也變得零碎了，儘管如此，那段在這個地方刻劃過的曾經，卻又深刻得猶如手心的掌紋，只會隨年月變得越來越深：初入職的手忙腳亂、滿載笑與淚的謝師宴、並肩作戰的公開試，當然，還有那個早已解散，卻一直長留我心的天文學會。

大概，在這個地球上，唯一仍會惦記著這個學會的人，就只有我這個孤獨老翁吧。

有時我會想，若然早幾年不是因為身體抱恙，大概我真的會糊塗得重回那個天台，遵守數十年前的那個約定。但是，如

今錯過了我也不知道是幸運還是不幸，至少我不用面對整個晚上只有我一人呆坐天台的畫面，默默接受根本沒有人在意，卻只是自己仍然執著的樣子。

這個地方也未免變得太多了，而唯一沒有變的，大概就只有沉溺過去的我。回憶還是用來懷緬便好，若然某個地方再沒有自己容身的位置，也是時候踏步向前，把美好停留在那年那月的那一篇。

「別走那麼快，我跑不動了！」旁邊傳來了一位女同學的叫喊。

「走快一點吧，我們快遲到了！」前方的男同學呼叫著：「我不想錯過天文學會的活動！」

我聽到後，內心立即抽搐了一下，然後向著男同學說：「同學，不好意思，你剛剛說甚麼？」

男同學緩緩的停下了腳步，再看著我說：「甚麼？我說我不想錯過天文學會的活動，怎麼了？」

「你說的天文學會，我意思是……」我興奮得帶點不擅辭令的說：「但是，天文學會不是一早已解散了嗎？」

「你說甚麼？」女同學一臉疑惑的說：「這個學會一直都在啊，真奇怪。」

「對啊，我們由中一入學時已經參與這個學會的活動了。」男同學牽著女同學說：「別管他了，我們真的要遲到了！」

我跟隨他們背後，踏上一樓，二樓，三樓，而我的心跳亦隨著樓層的數字不斷上升，終於，我到達了一個寬敞而又光鮮的房間，從落地玻璃看進去，是一台又一台嶄新的觀星儀器，儀器旁邊是一位又一位雙眼發亮的年輕人，而這間房間的正門，寫著四個依然牽動我內心的名字：天文學會。

「怎麼，怎麼會這樣的？」我激動得喃喃自語，雙眼亦莫名的沾濕了淚水。

或許，是我錯了。

原來宇宙萬物也是一種循環，曾經的灰飛煙滅，來到某天也可以死灰復燃；原來留下過的痕跡，不會是沒有意義的。

無憾了，心足了，我滿意的帶著微笑離開這個地方，臨別前再看一次大門下方的牌匾，短短的兩句，卻潤澤了我腦海中本以為乾涸了的回憶，亦圓滿了我人生裏本以為沒有價值的晚年：

「贊助者：八大行星
　特別獻給那年盛夏用生命教育學生的地球老師」

書　　名：原來做大人是這麼不容易的
作　　者：唐啟灃

出 版 社：亮光文化有限公司
　　　　　Enlighten & Fish Ltd
社　　長：林慶儀
編　　輯：亮光文化編輯部
設　　計：亮光文化設計部
地　　址：新界火炭坳背灣街61-63號
　　　　　盈力工業中心5樓10室
電　　話：(852) 3621 0077
傳　　真：(852) 3621 0277
電　　郵：info@enlightenfish.com.hk
網　　址：www.signer.com.hk
面　　書：www.facebook.com/enlightenfish

2024年7月初版

I S B N　978-988-8884-14-8
定　　價：港幣＄118

法律顧問：鄭德燕律師